CW00969878

HOMMES ET DESTINS

Stefan Zweig est né à Vienne en 1881. Il s'est essayé aux genres littéraires les plus divers — poésie, théâtre, biographies romancées, critique littéraire — et même à la traduction. Ses nouvelles l'ont rendu célèbre dans le monde entier. Citons *La Confusion des sentiments, Amok, Le Joueur d'échecs, La Peur, Vingt-Quatre Heures de la vie d'une femme, Destruction d'un cœur, Amerigo, Le Monde d'hier, Clarissa, Wondrack, La Pitié dangereuse*. Profondément marqué par la montée et les victoires du nazisme, Stefan Zweig a émigré au Brésil avec sa seconde épouse. Le couple s'est donné la mort à Pétropolis, le 23 février 1942.

STEFAN ZWEIG

Hommes et destins

TRADUIT DE L'ALLEMAND PAR HÉLÈNE DENIS-JEANROY

Préface de Raymond Jeanroy

BELFOND

Titre original :

MENSCHEN UND SCHICKSALE/EUROPÄISCHES ERBE
publié par S. Fischer Verlag GmbH et Fischer Taschenbuch Verlag
GmbH, Frankfurt am Main.

DE VIRIS

> « *Vous avez le don de comprendre par l'amour. Vous êtes un de ces généreux esprits européens dont notre époque a besoin et dont j'attendais la venue depuis vingt ans.* »
>
> Lettre de R. Rolland à S. Zweig,
> 4 mai 1915

Auteur d'une œuvre abondante et variée, Stefan Zweig écrivit des nouvelles, des romans, des biographies, une autobiographie, des poèmes, des pièces de théâtre, traduisit (Verlaine, Verhaeren, Rolland, entre autres). On possède aussi de lui un Journal, une vaste correspondance. Par ailleurs, il collabora à plusieurs journaux, prononça en bien des endroits conférences, discours.

Les textes regroupés dans ce volume — issus de deux recueils : *Menschen und Schicksale* (Hommes et destins) et *Europäisches Erbe* (Héritage européen) —, rédigés entre 1911 et 1939, appartiennent justement à cette partie peut-être moins connue de la production de Zweig : articles, parus principalement dans la *Neue Freie Presse*, préfaces (L. Hearn, Verlaine, Hoffmann, Jaloux), conférence (Rilke), messages rédigés à l'occasion d'un anniversaire (Ramuz, Schnitzler), oraisons funèbres (Roth, Freud). Diversité de registre qui confère assurément une coloration différente à chacun de ces portraits.

La plupart d'entre eux sont consacrés à des hommes qu'il a personnellement et plus ou moins intimement connus : Rolland, Freud, Herzl, Rilke, Roth, Schnitzler, Schweitzer, Jaurès, Drinkwater, Jaloux, Tagore. À cette liste peuvent encore s'ajouter Weininger — à côté duquel on pourrait dire qu'il est (plusieurs fois) passé — et, à l'extrême rigueur, Mahler qu'il affirme n'avoir qu'approché. Quand il écrit *Rencontre manquée avec un homme discret* et *Le Retour de Gustav Mahler*, tous deux sont morts, comme le sont, au moment où il rédige les articles les concernant, Herzl, Jaurès, Drinkwater. Les autres noms représentés dans ce recueil (Chateaubriand, Nietzsche, Hearn, Proust, Verlaine, Hoffmann, Philippe Daudet) sont avant tout révélateurs de l'éclectisme et de la curiosité de Zweig.

L'amitié de deux de ces hommes, si l'on en croit *Le Monde d'hier*, a été déterminante pour lui : celle de Rolland et celle de Freud, deux figures de père, deux mentors. Dans la conférence qu'il prononce en 1936, l'année du soixantième anniversaire de Rolland (à qui il avait déjà consacré une biographie en 1920), il exprime clairement toute son admiration, toute sa reconnaissance envers le « grand Européen », l'« individu à la volonté pure et à la foi indestructible », celui qu'il nomma longtemps « cher maître et ami » et auquel l'unit une amitié de trente années qui fut la « plus fructueuse et même, en maintes occasions, décisive quant à l'orientation du cours de [sa] vie ». Freud, avec qui il entra en contact dès 1908 (et auprès de qui d'ailleurs il introduisit Rolland en 1924), fut pour lui, comme il le dit dans le discours qu'il tient à Londres en 1939 à l'occasion de l'hommage rendu par la petite communauté autrichienne, l'« ami le plus précieux, le maître adoré ». Certains de ces portraits seront repris, plus ou moins modifiés, dans *Le Monde d'hier*, notamment ceux de Herzl, de Rilke et de Freud (qui avait fait l'objet en 1931 d'une partie de sa trilogie *La Guérison par l'esprit*). Par ailleurs, il avait déjà consacré en 1905 une monographie à Verlaine, qu'il mentionne en note, et huit ans après son article sur la correspondance entre Nietzsche et Overbeck il publiera son *Nietzsche*, l'un des trois volets du *Combat avec le démon*.

À côté de tous ces personnages plus ou moins célèbres, un inconnu : belle figure de l'homme de cœur doublé de l'amateur d'art éclairé, Ami Kaemmerer, élevé au même rang que tous les autres par l'admiration que Zweig lui porte, par l'amitié qui les rassemble.

De fait, Zweig aime aimer, Zweig n'aime rien tant qu'admirer, manifester sa reconnaissance (le mot revient très souvent sous sa plume). Jamais un propos bas. Zweig a la générosité chevillée au corps. Le culte de l'amitié le possède, aussi. Romain Rolland déclarera que l'amitié était sa religion. Une amitié qui, il faut le signaler, ne s'exprimera pas seulement par des mots, qui saura aussi être une aide active, comme auprès de Joseph Roth, auquel il ne cessera d'apporter un soutien moral et matériel. Dans un cas pourtant, celui de Rilke, apparemment intimidé par celui qui « s'enveloppait d'une véritable aura d'intangibilité », il n'ose employer le mot d'ami.

La bonté, on aurait envie de dire constitutive, de Zweig est présente dans chacune de ces lignes. Quasiment jamais une ombre au tableau. Quasiment, à un bémol près : le portrait physique, psychologique, qu'il dresse de son condisciple Weininger, portrait somme toute assez peu flatteur.

Un *De amicitia* moderne donc. Et d'ailleurs quand Zweig ne relate pas une amitié partagée, entre disons Drinkwater ou Roth et lui, c'est encore d'amitié qu'il est question lorsqu'il décrit les rapports, uniques, inoubliables, liant Nietzsche et Franz Overbeck, et ce durant des lustres. Amitié patiente, sans défaut, irréprochable, un modèle assurément, entre l'ancien collègue à l'université de Bâle (de Nietzsche il accepte tout, il supporte tout) et le philosophe : la mort seule y mettra un point final.

Tiens, au passage, une remarque : pas une « grande femme » au milieu de tous ces grands hommes, la baronne Von Suttner mise à part — une belle figure, au demeurant —, évoquée seulement au détour d'une page dans *Jaurès* (en 1918, Zweig écrira un plaidoyer pour les romans de Bertha von Suttner et dans *Le Monde d'hier*, on trouvera quelques lignes sur la « grande et généreuse Cassandre de notre temps »). Ou encore, de façon toujours adventice, çà et là une épouse (irréprochable), une petite fille (délicieuse — un amour), une mère (adorée, ou trahie). C'est tout, et quand même, il faut bien le dire, c'est peu...

Écrivains, musicien, philosophes, hommes politiques, c'est en quelque sorte un panorama de la vie intellectuelle, culturelle, politique des XIXe et XXe siècles qui s'offre à nous, avec, de surcroît, l'écho d'un fait divers qui fit sensation à l'époque : la disparition et la mort du fils de Léon Daudet.

Bien sûr, l'Autriche est représentée — de façon remarquable — en la personne de Herzl (non pas tant le fondateur du sionisme que l'homme de lettres, rédacteur du feuilleton de la *Neue Freie Presse*, qui fit accéder Zweig à la consécration littéraire en acceptant la nouvelle que lui proposait le jeune homme de dix-neuf ans), de Mahler [1],

1. En l'honneur de qui il avait composé en 1910 un poème intitulé *Der Dirigent* (Le chef d'orchestre).

objet d'un véritable culte de la part des jeunes Viennois de la génération de Zweig, de Freud, de Weininger, ce jeune philosophe auteur d'une thèse assez révolutionnaire pour l'époque (sur la bisexualité congénitale) dont Zweig ne nous révèle par ailleurs rien, tout occupé qu'il est à retracer le récit d'une rencontre « négative », de Schnitzler, qui connaît, à l'époque où il écrit son texte, une sorte de traversée du désert, de Roth, ce même Roth [1] qui jamais ne se remettra de la chute de l'Empire austro-hongrois. La perte de ses repères, l'effondrement d'un monde si cher à son cœur auront finalement raison de lui. À l'instar de Zweig — et le précédant de peu —, il mourra de désespoir. Par le truchement de l'alcool, choisissant de se noyer, de noyer son amertume dans l'amertume du Pernod. Zweig, on le sait, optera pour un moyen de passage plus radical.

Indéniablement, la France occupe dans ce recueil une place de choix. On ne pourra plus oublier le portrait de Proust. « Rien de plus qu'un habit et une cravate blanche parmi tant d'autres. » Proust, avant que de se magnifiquement révéler, est une coque vide, ou peu s'en faut. « Quelqu'un », pour citer Émile Ajar, « avec personne à l'intérieur [2] ». Proust, telle semble être la thèse de Zweig, n'aurait accédé à l'écriture, ne serait la figure même du Grand Écrivain, que dans la mesure, paradoxalement, où son dessein n'était pas tant la Littérature que le besoin, la nécessité de prolonger, de faire revivre ces moments délicieux de la mondanité. (De refaire le monde — *i. e.* son monde à lui.)

Du tableau que Zweig dresse de la vie de Verlaine — une plongée systématique, conscien-

---

1. « Un génie, comme Verlaine, comme Villon », écrivit Zweig un jour.
2. *Gros-Câlin.*

cieuse, entêtée dans l'abjection, une parenthèse-Dieu et retour au « poison vert » (l'absinthe), avec toujours en toile de fond la nostalgie d'une existence protégée, d'un bonheur tranquille, sans histoires —, on retiendra l'opposition entre l'homme faible, éternel blessé par la vie, et Rimbaud, l'adolescent amoureux des gouffres, perpétuellement à l'étroit dans ses habits étriqués d'Occidental, mais aussi la description saisissante, déchirante des dernières années de Verlaine, partagées entre sa « cour » (des miracles...) — prostituées, littérateurs à la petite semaine et tapeurs — et des séjours de plus en plus fréquents à l'hôpital, au havre que lui est devenu l'hôpital.

Il serait en outre injuste de ne pas mentionner les textes consacrés à Jaloux (avec qui Zweig dut se sentir bien des affinités, puisqu'il joua un rôle de médiateur semblable au sien en contribuant, comme il le rappelle dans son article, à faire connaître la littérature allemande en France), à Rolland (déjà cité), à Chateaubriand — même s'il y est davantage question du romantisme en général que de l'auteur de *René* —, à Jaurès, et enfin le récit de l'affaire Philippe Daudet, qui, en dépit de quelques légers accrocs à la vérité historique, n'en est pas moins passionnant.

La curiosité de Zweig le porte aussi vers des univers totalement différents, tels le Japon et l'Inde, permettant ainsi certainement à plus d'un lecteur français de faire la connaissance de ce personnage attachant qu'est Lafcadio Hearn, cet amoureux du pays du matin calme qui poussera à ce point l'adaptation à cette partie du monde qu'il y finira ses jours pourvu d'un nouvel état civil, toutes amarres larguées depuis longtemps, s'il en fut japonais parmi les Japonais, et, de plus, aimé, adulé par ses nouveaux concitoyens.

Quant au dialogue, assez improbable, entre un jeune écrivain et un auteur chenu, il permet de prendre conscience de l'extraordinaire influence de Rabindranāth Tagore dans l'Allemagne des années 20 tout en posant l'éternelle question : Le succès est-il compatible avec la qualité d'une œuvre ? — question qui ne cessera de tarauder Zweig tout au long de sa vie.

L'intérêt de ces textes ne réside pas uniquement dans ce qu'ils nous apprennent sur tel ou tel personnage. S'ils sont si attachants, c'est qu'ils sont pour nous le reflet de leur auteur ; leur éclectisme est révélateur de l'humanisme et du cosmopolitisme de celui qui, en 1937, définissait[1] ainsi le but de sa vie : « Comprendre même ce qui est le plus étranger, juger toujours les peuples et les époques, les personnages et les œuvres uniquement sous leur aspect positif et créatif et, à travers ce vouloir comprendre et ce faire comprendre, servir humblement mais fidèlement notre idéal indestructible : la compréhension humaine entre les hommes, les manières de penser, les cultures et les nations. » Un Zweig que l'on voit également ici, une nouvelle fois, fasciné par les personnages en proie à un démon (Nietzsche, Mahler), c'est-à-dire, comme il l'explique dans son introduction au *Combat avec le démon*, le « ferment qui met nos âmes en effervescence, qui nous invite aux expériences, à tous les excès, à toutes les extases », ou lui paraissant à divers titres l'écraser, car habités d'une force hors du commun : Jaurès, ce « taureau furieux » à la « force inflexible » ; ou encore Schweitzer, cette « figure exemplaire » au front bombé, à la moustache broussailleuse qui le font ressembler à Nietzsche, puissante énergie morale de laquelle se dégage un rayonnement intense. On

1. Préface de *Begegnungen mit Menschen, Büchern, Städten*.

retrouve dans ce texte l'image — chère à Zweig — de l'aimant, texte dont la fin aux accents pacifistes évoque d'ailleurs les pages consacrées à Ypres dans *Pays, villes, paysages* et nous rappelle en même temps cette autre composante — et non des moindres — de la personnalité de celui qui définissait avec ironie, dans ce même recueil, le Brésil comme un pays qui « ne dispose vraisemblablement même pas de gaz toxiques ni de tanks en vue du progrès de l'humanité [1] ».

Raymond JEANROY

1. *Petit voyage au Brésil* (1936).

LA DESTINÉE TRAGIQUE
DE MARCEL PROUST

Il est né vers la fin de la guerre, le 10 juillet 1871, à Paris, dans une famille bourgeoise extrêmement riche, d'un père médecin de renom. Mais ni le talent paternel ni l'immense fortune maternelle ne seront à même de préserver son enfance : à neuf ans, le petit Marcel cesse à jamais d'être bien portant. Alors qu'il rentre d'une promenade au bois de Boulogne, il est la proie de spasmes ; et ces effroyables crises d'asthme lui oppresseront la poitrine sa vie entière, jusqu'à son dernier souffle. À partir de sa neuvième année, tout ou presque lui sera interdit : les voyages, l'allégresse des jeux, l'activité, l'exubérance, tout ce que l'on met ordinairement dans le mot enfance. C'est ainsi que très tôt il devient un observateur sensible, d'une nervosité excessive, facilement irritable, un être aux nerfs et aux sens extraordinairement à vif. Il aime la nature avec passion, mais il n'est autorisé à la contempler que rarement, et jamais au printemps : la fine poussière du pollen, l'atmosphère étouffante de cet univers en gestation produisent alors un effet trop douloureux sur son organisme vulnérable. Il aime avec passion les fleurs, mais il lui est interdit de s'en approcher. Le simple fait qu'un ami entre dans sa chambre avec un œillet à la boutonnière l'oblige à le prier de le retirer ; et

15

va-t-il dans un salon où une table est ornée d'un bouquet que le voilà de nouveau au lit pour plusieurs jours. Aussi sort-il parfois dans une voiture fermée afin de voir, derrière les vitres, les couleurs tant aimées, les calices qui respirent. Et il emporte avec lui des livres, des livres encore, pour découvrir des voyages, des paysages qu'il ne pourra jamais connaître. Il pousse une fois jusqu'à Venise, quelquefois il se rend à la mer : mais chacun de ces déplacements lui coûte trop d'énergie. Il vit donc presque reclus à Paris.

C'est avec une délicatesse d'autant plus grande qu'il percevra tout ce qui est humain. Les inflexions des voix dans une conversation, l'épingle dans les cheveux d'une femme, la façon dont quelqu'un s'assied à table et se relève, tous les ornements les plus subtils de la vie en société s'ancrent avec une solidité sans pareille dans sa mémoire. Entre deux battements de cils, son œil toujours en éveil capte le plus infime détail, son oreille conserve, intacts, encore tout vibrants, le coulé d'une conversation, ses tournants, ses ondulations, ses interruptions. Cela lui permettra plus tard, dans son roman, de consigner sur cent cinquante pages les propos du comte de Norpois sans qu'il y manque une respiration, un mouvement fortuit, une hésitation, une transition : la vivacité et la mobilité de son œil suppléent à l'épuisement de ses autres organes.

À l'origine ses parents avaient prévu qu'il ferait des études et embrasserait la carrière diplomatique, mais tous les projets échouent à cause de sa santé précaire. En fin de compte, rien ne presse, ses parents sont riches, sa mère l'idolâtre — et ainsi il gaspille son temps en mondanités, dans les salons, en fait il mène jusqu'à sa trente-cinquième année une existence nonchalante, l'existence la plus ridicule, la plus futile, la plus stupide qu'un grand artiste ait jamais menée ; il est le snob qui assiste à toutes les fêtes organisées par les riches oisifs que l'on désigne sous le terme de bonne société; il est présent partout et est reçu partout. Pendant quinze ans, immanquablement on rencontrera, nuit après nuit, dans chaque salon, même dans les plus inaccessibles, ce jeune homme délicat, timide, toujours frissonnant de respect face à tout ce qui est mondain, toujours bavardant, courtisant, avec une expression d'amusement ou d'ennui. Partout on le trouve appuyé dans un coin, il se coule dans une conversation et, chose curieuse, même la haute aristocratie du faubourg Saint-Germain tolère cet intrus obscur; c'est là pour lui son plus grand triomphe. Car, en apparence, le jeune Marcel Proust n'a pas la moindre qualité. Il n'est ni particulièrement beau ni particulièrement élégant, il n'appartient pas à la noblesse et en outre il est le fils d'une Juive. Il n'est pas davantage légitimé par ses mérites littéraires; en dépit d'une préface rédigée obligeamment par Anatole France, son unique petit opuscule, *Les Plaisirs et les Jours* [1], n'a en effet eu aucune portée et n'a connu aucun succès. S'il est en faveur, c'est uniquement à sa générosité qu'il le doit : il couvre les femmes de fleurs magnifiques, comble chacun de cadeaux inattendus, invite tout le monde, se torture l'esprit pour être agréable et sympathique jusqu'au gandin le plus insignifiant. Au Ritz, ses invitations et ses pourboires fabuleux l'ont rendu célèbre. Il donne dix fois plus qu'un milliardaire américain et, dès qu'il pénètre dans le hall, toutes les casquettes penchent humblement vers le sol. Ses invitations sont marquées par une extraordinaire prodigalité et un immense raffinement culinaire : il fait venir les spécialités des établissements les plus divers de la ville — les raisins d'un magasin de la Rive gauche, les poulardes du Carl-

1. Stefan Zweig a écrit *Les Plaisirs et les Jeux*. (N.d.T.).

ton ; et les primeurs, il se les fait envoyer tout exprès de Nice. C'est ainsi qu'il s'attache le *Tout-Paris* [1] : il l'oblige sans cesse par sa gentillesse, par des services, sans jamais rien demander pour lui-même.

Mais, plus encore que l'argent qu'il dépense volontiers, et à profusion, ce qui lui confère sa légitimité au sein de cette société, c'est un respect quasi maladif pour ses rites, une adoration servile de l'étiquette, l'importance inouïe qu'il accorde à tout ce qui est mondain, à toutes les extravagances de la mode. Il vénère le Cortegiano [2] non écrit des usages aristocratiques à la manière d'un livre saint ; le problème de la place attribuée aux convives l'absorbe des journées entières : pourquoi la princesse X. a-t-elle mis le comte L. en bout de table et le baron R. en tête ? Le moindre petit potin, le moindre vague scandale le bouleversent à l'égal d'une catastrophe mondiale, il interroge quinze personnes pour se renseigner sur l'ordre secret qui préside au roulement des invitations de la princesse M. ou pour savoir pourquoi telle autre aristocrate a reçu M.F. dans sa loge. Et cette passion, ce sérieux accordé aux futilités, qui dominera également ses livres par la suite, le hissent au rang de maître de cérémonie dans cet univers ridicule et léger. Voilà l'existence vide de sens que mène quinze années durant, entre des oisifs et des arrivistes, cet esprit si éminent, l'un des plus puissants créateurs de notre époque, alité le jour, épuisé, fiévreux, et courant le soir en frac de salon en salon, perdant son temps en invitations, en billets, en mondanités, l'être le plus

1. En français dans le texte. Les mots et expressions français utilisés par Stefan Zweig sont composés en italique. *(N.d.T.)*
2. *Il Cortegiano* (« *Le Courtisan* ») : ouvrage de Baldassare Castiglione, publié en 1528, dans lequel l'auteur énumère les qualités que doit réunir l'homme de cour. *(N.d.T.)*

superflu dans ce ballet quotidien des vanités, accueilli partout avec plaisir, nulle part vraiment remarqué — en fait rien de plus qu'un habit et une cravate blanche parmi tant d'autres.

Un seul petit trait marque sa différence. Chaque soir, au moment où, une fois rentré chez lui, il se met au lit, incapable de dormir, il note ce qu'il a observé, ce qu'il a vu et entendu, noircissant bout de papier sur bout de papier. Peu à peu, tout cela se transforme en liasses qu'il conserve dans de grands portefeuilles. Et de même que Saint-Simon, sous les dehors d'un fade courtisan, devient secrètement le peintre et le juge d'une époque tout entière, de même Marcel Proust, par des notes, des remarques, de sommaires esquisses, consigne chaque soir ce que le Tout-Paris a de vain, de superficiel, pour peut-être un jour faire entrer enfin l'éphémère dans la durée.

Une question maintenant pour le psychologue : qu'est-ce qui l'emporte chez Marcel Proust ? Si cet homme malade, inapte à la vie, mène pendant quinze ans cette existence de snob stupide et futile, est-ce simplement en raison du plaisir intime qu'elle lui procure et ces notes ne sont-elles qu'accessoires, en quelque sorte une façon de jouir plus longtemps d'un jeu de société trop vite fini ? Ou bien va-t-il dans les salons uniquement comme un chimiste dans un laboratoire, un botaniste dans une prairie, afin d'accumuler discrètement la matière d'une œuvre exceptionnelle ? Se déguise-t-il ou est-il lui-même ? Combat-il dans l'armée de ceux qui dilapident leurs journées ou est-il un espion au service d'une instance supérieure ? Flâne-t-il par plaisir ou par calcul, cette passion quasi démente pour la psychologie de l'étiquette lui est-elle un besoin vital ou ne faut-il y voir que feinte grandiose d'un fervent analyste ? Sans doute ces deux aspects étaient-ils mêlés de façon si géniale, si magique, que jamais la pure nature de l'artiste n'aurait trouvé à s'exprimer en lui si le destin ne l'avait, d'une main ferme, arraché soudain à l'univers factice et insouciant de la conversation pour le placer dans la sphère voilée, obscure de son propre univers, éclairée parfois seulement par une lumière intérieure. Car, subitement, la situation change. Sa mère meurt en 1903 et, peu après, les médecins établissent le caractère incurable de son mal qui s'aggrave de plus en plus. D'un seul coup, Marcel Proust infléchit brusquement sa vie. Il reste claustré dans sa cellule du boulevard Haussmann, et, du jour au lendemain, l'oisif, le flâneur qui s'ennuie se met à l'œuvre, sans répit, et devient l'un des travailleurs les plus acharnés que ce siècle nous donne à admirer dans le domaine de la littérature ; du jour au lendemain il passe de l'existence mondaine la plus divertissante à la solitude la plus complète. Image tragique du grand écrivain : en permanence allongé dans son lit, la journée tout entière, maigre, épuisé par la toux, secoué par les spasmes, il a froid perpétuellement. Il porte trois chemises l'une sur l'autre, sa poitrine est recouverte de plastrons ouatés, ses mains sont revêtues de gants épais — et pourtant il a froid, il a tellement froid. Un feu brûle dans la cheminée, la fenêtre n'est jamais ouverte, car le parfum ténu (qu'aucune autre poitrine que la sienne ne ressent à Paris) des quelques misérables marronniers plantés au beau milieu de l'asphalte suffit à lui faire mal. Recroquevillé comme un cadavre, il ne quitte pas, il ne quitte jamais son lit et respire avec peine l'air lourd, saturé, empoisonné par les médicaments. Ce n'est que tard dans la soirée qu'il rassemble ses forces, en quête d'un peu de lumière, de splendeur, pour retrouver sa sphère tant aimée de l'élégance, pour revoir des visages aristocratiques. Son domestique le corsète dans son frac, l'enveloppe dans des châles et recouvre d'une pelisse son corps trois fois emmitouflé. Et il part ainsi pour le Ritz afin de parler à quelques personnes, de contempler l'objet de son culte : le luxe. Son fiacre attend devant la porte, il attend toute la nuit et reconduit enfin l'homme harassé qui aussitôt regagne son lit. Marcel Proust ne va plus jamais dans les soirées ou plutôt il y retournera une seule fois : quand il aura besoin pour son roman d'un détail concernant l'attitude d'un aristocrate distingué. Aussi se traîne-t-il un jour, à l'étonnement général, dans un salon pour observer la façon dont le duc de Sagan porte son monocle. Une autre fois, il se rend de nuit chez une célèbre cocotte ; il veut savoir si elle possède encore le chapeau qu'elle avait vingt ans plus tôt au bois de Boulogne ; il lui est nécessaire à sa description d'Odette. Et quelle n'est pas sa déception lorsqu'elle lui annonce, en se moquant de lui, qu'elle l'a offert, il y a beau temps de cela, à sa femme de chambre.

Du Ritz la voiture le ramène chez lui, brisé de fatigue. Au-dessus du poêle constamment allumé sont suspendus ses vêtements de nuit et ses plastrons : depuis longtemps il ne supporte plus le contact du linge froid. Son domestique l'emmitoufle, le met au lit. Et là, sur un plateau posé à plat devant lui, il tisse la trame lâche de son roman *À la recherche du temps perdu*. Vingt épais dossiers sont déjà remplis d'esquisses, les sièges et les tables devant son lit, le lit lui-même sont recouverts d'une masse blanche de morceaux de papier et de feuillets. Il écrit, le jour, la nuit, à chaque heure de veille, la fièvre dans le sang, les mains tremblant de froid sous les gants, il écrit encore et encore. Parfois il reçoit la visite d'un ami, il le questionne, avide du moindre détail concernant la haute société ; même alors qu'il est près de s'éteindre, la curiosité le pousse à dresser toutes ses antennes vers cet univers perdu, celui des mondanités. Ses amis deviennent ses limiers, ils ont pour mission de lui rendre compte de tel ou tel scandale afin qu'il n'ignore rien de telle ou telle personnalité, et tout ce qu'on lui rapporte il le note avec une avidité inquiète. La fièvre le mine, le consume toujours plus. Sans cesse Marcel Proust, ce pauvre morceau d'humanité fiévreux, poursuit son déclin, sans cesse la vaste œuvre, le roman ou plutôt le cycle *À la recherche du temps perdu* croît et s'amplifie.

L'œuvre est commencée en 1905, il la considère comme achevée en 1912. À en juger par la taille, cela semble représenter trois épais volumes (qui se transformèrent en pas moins de dix grâce aux ajouts lors de l'impression). À présent la question de la publication le tourmente. Marcel Proust, à quarante ans, est un parfait inconnu, et même pis encore, il a mauvaise réputation sur le plan littéraire : Marcel Proust — n'est-ce pas le snob, l'écrivaillon mondain dont paraissent de temps à autre dans *Le Figaro* des anecdotes sur les salons (et d'ailleurs le public qui lit toujours de travers lisait immanquablement Marcel Prévost au lieu de Marcel Proust)? D'un tel individu on ne peut rien attendre de bon. Il n'y a donc aucun espoir pour lui par les chemins directs. Des amis essaient alors d'obtenir que le livre soit publié par la voie mondaine. Un grand aristocrate invite chez lui André Gide, le directeur de *La Nouvelle Revue française*, et lui remet le manuscrit. Mais *La Nouvelle Revue française*, celle-là même à qui cet ouvrage fera plus tard gagner des centaines de milliers de francs, le refuse tout net, ainsi que Le Mercure de France et Ollendorff. On finit par trouver un jeune éditeur courageux prêt à courir le risque; pourtant, il faudra encore attendre deux ans, jusqu'en 1913, avant que le premier tome de cette grande œuvre paraisse. Et juste au moment où le succès s'apprête à prendre son envol, la guerre arrive et lui brise les ailes.

Après la guerre, alors que cinq volumes ont déjà paru, l'attention de la France, de l'Europe, commence à se porter sur le récit le plus singulier de notre temps. Mais celui dont le nom est désormais entouré du bruissement de la gloire, Marcel Proust, n'est plus depuis longtemps qu'un débris humain, hâve, fiévreux, agité, une ombre tremblotante, un pauvre malade qui rassemble toutes ses forces à seule fin de pouvoir assister à la publication de son œuvre. Il continue à se traîner le soir au Ritz. Là, sur la table, au milieu des couverts, ou dans la loge du portier, il peaufine les corrections des derniers placards, car dans son appartement sa chambre et son lit lui évoquent déjà le tombeau. C'est le seul endroit où, voyant à nouveau scintiller la sphère mondaine tant aimée, il retrouve un dernier reste d'énergie, tandis que chez lui il tombe tel un oiseau blessé, usant tantôt de narcotiques pour parvenir à dormir, tantôt de caféine pour se stimuler dans la perspective d'un bref entretien avec des amis ou d'une nouvelle tâche. Son mal s'aggrave à une vitesse croissante. De plus en plus fiévreusement, de plus en plus avidement, celui qui pendant de trop longues années fut indolent travaille, cherchant à distancer la mort. Il ne veut plus voir aucun médecin — ils l'ont trop longtemps torturé sans jamais l'aider. Aussi se défend-il tout seul et enfin, le 18 novembre 1922, il meurt. Les derniers jours encore, à deux doigts du néant, il s'oppose à l'inéluctable au moyen de l'unique arme dont dispose l'artiste : il observe. Jusqu'à la fin il analyse son propre état avec une vigilance héroïque, et les notes qu'il prend doivent servir à apporter, sur les épreuves, davantage de relief, davantage de vérité à la mort de son héros Bergotte [1]; elles doivent essayer d'ajouter quelques précisions éminemment intimes, de ces ultimes détails que l'écrivain ne pouvait pas connaître, que seul connaît le moribond. Jusqu'au bout il aura observé. Et sur la table de nuit du défunt, maculée par des médicaments renversés, on trouve sur un bout de papier à peine lisible les derniers mots qu'il a écrits d'une main déjà à moitié glacée. Des notes en vue d'un nouveau volume pour lequel il aurait fallu des années, alors qu'il ne disposait plus que de quelques minutes. C'est ainsi qu'il frappe la Camarde au visage : superbe ultime geste de l'artiste qui, en épiant le trépas, arrive à vaincre la peur qu'il inspire.

1. Orthographié Bertotte dans l'édition allemande. (N.d.T.)

LA VIE DE PAUL VERLAINE

La vie de Paul Verlaine passe aux yeux des jeunes générations, après avoir été déformée par tant de légendes, pour éminemment romantique, lui-même, le « *pauvre Lélian* », étant considéré comme le représentant typique de la bohème littéraire, comme un contempteur cynique de la littérature bourgeoise, un puissant génie et un insurgé. Une nature rebelle ? Il en était tout le contraire. Sa force ? Une immense apathie ; la seule passivité était à l'origine de sa magie. Issu de la bourgeoisie de province la plus ordinaire, dès lors qu'il se fut arraché à son emploi et à sa maison, il ne connut jamais la joie du vagabond, il n'a cessé d'être en proie à la nostalgie de ses quatre murs, de sa femme, de son enfant, de la ferveur de la première communion, avide de tendresse et de réconciliation, allant jusqu'à regretter la prison où l'errant malgré lui avait su encore trouver une sorte de foyer. Si Rimbaud, celui qui l'entraîna et l'accompagna durant ces années à vau-l'eau, véritable Prince Hors-la-loi, ne respire bien que sous d'autres cieux, couché sur la paille, Verlaine, sa vie durant, fut un bohème contre son gré, un littérateur habité du dégoût de soi, et un ivrogne à la gueule de bois lyrique. À trois, quatre, cinq reprises, sans cesse, il essaie de s'extirper de cette boue verte qu'est l'absinthe pour regagner les sages rives bourgeoises. Il veut être tantôt agriculteur, tantôt professeur, tantôt il se voit rédacteur, ou encore fonctionnaire municipal, et constamment il aspire à retrouver une vie droite, tranquille, ordonnée : ce n'est pas la volonté de réintégrer les rangs de la bourgeoisie qui manque à ce déclassé, c'est l'énergie. Une fois mis en branle, libéré de ses attaches bourgeoises, il se précipite irrésistiblement dans le vide ; car aucune puissance, si grande soit-elle, n'est capable de retenir le faible parce que justement rien en lui ne s'oppose à la chute.

Une absence totale de force morale et psychique associée à une colossale force poétique — c'est là ce qui caractérise l'existence de Verlaine. Sa destinée comporte des détails pittoresques, mais pour l'essentiel elle n'a connu qu'un seul tournant : cette fracture typique autour de laquelle est centrée presque chaque biographie d'artiste. À un moment ou à un autre — il suffit de parcourir l'histoire de tous ceux qui furent vraiment grands —, au beau milieu de la jeunesse ou au beau milieu de la vie, le destin agrippe le créateur, l'arrache brutalement à son coin, à sa sécurité, et, pour jouer, le lance, tel un volant, n'importe où dans l'inconnu. Tous ces hommes s'échappent alors, se précipitent — la décision semble quelquefois venir d'eux ; en réalité, c'est toujours la fatalité qui en a décidé — hors de l'espace exigu de leurs habitudes, de leurs racines, pour se trouver exposés en pleine lumière, parfois cloués au pilori, parfois plongés dans la solitude, mais toujours en refus de leur monde et de leur époque. C'est ainsi qu'un beau jour Richard Wagner, maître de chapelle du roi en titre, s'élance sur les barricades et est ensuite obligé de prendre la fuite, que Schiller se sauve de la Karlsschule ; ainsi à Carlsbad, sur un coup de tête, Goethe, ministre à cette époque, fait atteler sa voiture et file en Italie vers la liberté, l'indépendance; ainsi Lenau part pour l'Amérique, Shelley pour l'Italie, Byron pour la Grèce; ainsi celui qui n'avait cessé d'hésiter et qui avait depuis longtemps entendu l'appel, ainsi Tolstoï, à quatre-vingts ans, quitte enfin le château, fiévreux, très malade, et dans sa troïka s'enfonce dans la nuit d'hiver [1]. Tous, tous les grands abandonnent subitement leur bien-être bourgeois comme s'ils s'évadaient d'un cachot, tous subitement jouent leur va-tout, poussés par une force brûlante, primaire — et ô combien sage! — qui entraîne le poète vers l'Absolu, vers des horizons éternels d'où il voit le temps et le monde comme à partir d'une autre planète.

Pour les forts, cette explosion, cette rupture est une simple crise, qui sera suivie d'une guérison. Les faibles en sortent exsangues. En exil Dante crée *La Divine Comédie*, dans sa prison Cervantès écrit *Don Quichotte*, lorsque Goethe, Wagner, Schiller, Dostoïevski reviennent, leurs yeux se sont dessillés, leur force a centuplé. Cette rupture leur ouvre le chemin vers leur moi intime, leur chute les projette dans le cosmos. Les faibles, eux, tombent dans le vide : détachés des conventions bourgeoises qui les entravaient tout en leur assurant un appui (de même qu'un cheval en s'écroulant s'agrippe souvent au brancard), ces natures sensibles, maladives, ces révoltés — non pas par tempérament mais par nervosité, par faiblesse, par impatience — se laissent emporter, de plus en plus impuissants, ils dévalent la pente, les Grabbe, les Günther, les Wilde, les Verlaine, leur vie s'enfuit de la même façon que leur art. C'est réagir

---

1. Stefan Zweig raconte cet épisode dans *La Fuite vers Dieu (Les Très Riches Heures de l'humanité)* et il y fait allusion dans son *Voyage en Russie (Pays, villes, paysages)*. *(N.d.T.)*

en femme, c'est se tromper par excès de sentimentalité [1] que tenter d'assimiler à la grandeur le
simple pathétique : en vérité, l'existence de Verlaine peut sans doute être qualifiée de tragique et
de profondément bouleversante, mais il serait
excessif d'essayer de voir dans cette pauvre
flamme vacillante un chef-d'œuvre, une tragédie.
On ne trouve dans cette destinée aucune progression dramatique, il n'y a pas de héros, pas de lutte,
pas de conflit : tout n'est que brisure, effritement,
enlisement, décadence, déclin. Jamais la vie de
Verlaine n'a accès au sublime, jamais elle n'apparaît exemplairement grande ; toujours elle se can-
tonne dans la sphère de l'humanité la plus ordinaire, elle émeut par l'apathie qui la caractérise ;
ce qui bouleverse, c'est seulement sa faiblesse et
ce qui rend heureux, c'est uniquement sa
musique. Paul Verlaine n'est pas une statue de
marbre ou de bronze ; ce n'est qu'un être de chair
et de sang dramatiquement malléable, que le destin a pétri pour lui imprimer une expression de
souffrance fugitive et néanmoins inoubliable.

Paul Marie Verlaine — il ne se souviendra de
son second prénom qu'au moment de sa conversion — est né le 30 mars 1844 d'un père originaire
de Lorraine et capitaine du génie. Ce dernier, qui
avait combattu à Waterloo, épouse une riche héri-
tière, abandonne ensuite très vite, dans la meilleure tradition du rentier français, la carrière militaire, s'installe avec femme et enfant à Paris, où il
meurt en 1865, non sans avoir perdu une partie
considérable du patrimoine à la suite de spécula-
tions. Mais il en reste encore assez pour mener

1. J'ai commis moi-même cette erreur dans une biographie de Verlaine écrite dans ma jeunesse et aujourd'hui
[1921] épuisée (Schuster & Löffler, 1904).

une modeste existence bourgeoise, dans le confort; c'est dans cette atmosphère que grandit le petit garçon sensitif, nerveux, choyé et gâté par sa mère ainsi que par une cousine. Quelques années de pensionnat font de l'enfant à la fois pudique et confiant un vrai *gamin* de Paris : ce que les vers de la fin de sa vie ont de déluré, de spirituel, de léger dans l'obscénité, est le fruit d'une contamination et remonte à 1860, à la promiscuité des dortoirs. À la même époque ont lieu ses débuts de poète, ils ont lieu — on retrouve bien là le caractère féminin, efféminé de Verlaine — à l'époque même (ce n'est pas un hasard) de la puberté — épanchement précoce de virilité créatrice mêlée à une mélancolie adolescente. La plupart des *Poèmes saturniens* ont été conçus sur les bancs du lycée : grâce à l'aide avancée pour les frais d'impression par la bonne cousine Élisa ils paraissent chez Lemerre — curieusement le même jour que la première œuvre de François Coppée — et obtiennent auprès de la presse un « *joli succès d'hostilité* [1] ».

Contrairement à ce qui se passait en Allemagne, le poète français était alors loin de considérer, pas plus qu'il ne le fait aujourd'hui, la poésie comme susceptible d'assurer une existence matérielle : aucun n'a jamais tenté sérieusement de vivre de la production d'œuvres lyriques. Aussi, après un bref intermède universitaire, Verlaine décide-t-il à son tour, en accord avec sa famille, de choisir une carrière bourgeoise; à l'instar de la plupart des jeunes poètes de son pays, il opte pour l'Administration parce que le service n'y a rien d'effrayant : rester assis trois heures sur une chaise, bavarder un peu, gribouiller du papier — cela donne, vu de l'extérieur, une impression de travail intense mais cela

1. Cité en français par Stefan Zweig (« joli succès *de* hostilité »). *(N.d.T.)*

vous laisse largement le temps de flâner, de fréquenter des cénacles littéraires et de vous consacrer corps et âme à l'écriture. Une petite rente, l'idéal du bourgeois français, lui est assurée par l'héritage paternel, il n'est pas dévoré par l'ambition. Ainsi le jeune Paul Verlaine mène une existence sereine, dans le bien-être et dans l'aisance, parfaitement normale, parfaitement bourgeoise. Sa voie semble toute tracée. Il est l'exemple type du jeune poète français qui paresse doucement dans un bureau quelconque et commence par composer de beaux poèmes, pour accéder trente ans plus tard à ce qu'il a toujours désiré, la Légion d'honneur et l'Académie, suivant le chemin paisible emprunté vaillamment par ses aînés et par ses amis d'enfance, Anatole France, François Coppée en tête.

Seul écueil dans cette existence sage, bourgeoise, tranquille et créatrice : l'habitude très tôt contractée de l'alcool, de l'alcool sous toutes ses formes. Faible, incapable de résister à une envie, Verlaine ne peut pas passer devant un café, un débit de boissons sans avaler en vitesse, pour se stimuler, une absinthe, une eau-de-vie, un curaçao et, sous l'effet de l'ivresse, cet être délicat et nerveux se transforme brusquement en brute méchante. Il se montre alors querelleur, roue ses amis de coups, tel le Gottfried Keller des années berlinoises, et, petit à petit, paisiblement, avec constance, l'absinthe accomplit son œuvre, elle noie toute la douceur, toute la sensibilité qu'il y avait chez cet homme faible et le rend étranger à lui-même. La mort de sa cousine Élisa provoque sa première crise de fureur; en proie à une profonde affliction, deux jours durant il ne touche à aucun aliment, mais c'est la même affliction qui le pousse à boire sans discontinuer ces deux jours et ces deux nuits et il s'attire une semonce de la part de son supérieur qui le traite d'ivrogne. « *Le seul vice impardonnable* » de sa vie — c'est en ces termes qu'il a lui-même désigné ses états d'ivresse. Son éthylisme, et lui seul, a fait que le sol s'est peu à peu retiré sous ses pieds.

Le premier événement marquant, la découverte de l'amour, s'inscrit lui aussi encore dans le cadre de la bourgeoisie. En visite chez un ami, il fait la connaissance d'une jeune fille, Mathilde Mauté [1] : seize ans, douce, blonde, délicate, l'innocence et la virginité en personne. Verlaine, à cette époque laid comme un singe, sauvage, timide et lascif à la fois — un romantique habitué aux aventures vénales, consommées aussi rapidement qu'un alcool au coin d'une rue —, voit aussitôt dans cette jeune fille sans tache une sainte, celle de qui viendra le salut, la rédemption. Il cesse de boire, se métamorphose en un sage prétendant bourgeois qui se rend auprès des parents et qui célèbre avec beaucoup de dignité ses fiançailles. Comme un lycéen, il adresse à la bien-aimée des lettres auxquelles il joint des poèmes sincères et tendres, à cette différence près que ce ne sont pas là les vers d'un lycéen : ce sont ces merveilleux poèmes d'un fiancé à sa promise, réunis plus tard dans son recueil de jeunesse le plus beau, le plus limpide, *La Bonne Chanson*. Pour un instant, sa sensualité secrète et l'apathie de son être se fondent dans la pureté de la passion, avec en sourdine le rêve tannhäusérien d'une âme libérée. La mélancolie souvent affectée d'autrefois s'est entièrement dissoute et n'est plus que mélodie.

Mais au beau milieu de l'idylle vient retentir le grondement des canons prussiens. La guerre de 1870 éclate et très vite, afin d'éviter qu'un possible appel sous les drapeaux, nullement souhaité, ne le

1. Mathilde Manté, dans l'édition allemande. *(N.d.T.)*

prenne de court, le jeune amoureux célèbre ses noces, alors que les Allemands sont déjà aux portes de Sedan, et — la cérémonie est doublement sous le signe du rouge — Louise Michel, la pétroleuse, y assiste.

Le mariage, conclu sous de tels auspices, tourne à l'échec. Se greffent là-dessus de petites crises, de menues catastrophes. Bien qu'indifférent à la politique, Verlaine s'est laissé convaincre de compiler sous la Commune des coupures de journaux en faveur du gouvernement révolutionnaire, au lieu de se rendre à son bureau. Une fois l'insurrection réprimée, il n'est pas très à l'aise. Il pourrait certes reprendre son travail, mais il en a « *assez du bural* ». C'en est fini pour lui. En de telles périodes de bouleversement le désordre fissure jusqu'à chaque existence individuelle (notre époque nous a permis d'en faire, ô combien, l'expérience !) ; le vent de liberté qui souffle avec fureur à travers le monde le galvanise. Verlaine ne se sent plus bien chez lui, chez ses beaux-parents. Il ne se sent plus bien dans son métier : la contrariété le pousse à boire, l'alcool le rend brutal, les désaccords s'accumulent, le ménage — sur le point d'être complété par l'arrivée d'un tiers, le fils de Verlaine — ne tient plus qu'à un fil. Tout en lui aspire à l'évasion, à la rupture, la révolte fermente comme elle fermentait chez Goethe pendant ses dernières années ennuyeuses de courtisan, avant la fuite en Italie. Il voudrait s'en aller, n'importe où, mais il n'a pas le courage de prendre le large, en faible qu'il fut toujours, incapable de se libérer, que ce soit en optant pour le bien ou pour le mal. Il faudra quelqu'un d'autre pour le forcer à rompre avec lui-même.

Un beau jour de février 1871, il reçoit, venant d'une petite ville de province, Charleville, une lettre — signée d'une main assez enfantine et maladroite par un certain Arthur Rimbaud. Mais y sont joints quelques poèmes qui font chanceler Verlaine d'admiration. C'est une véritable explosion verbale, un fantastique scintillement d'images qu'aucun autre être au monde n'aurait osé imaginer même en rêve : il ressent comme une décharge électrique, une force primitive, étrangère et fatale. Verlaine montre les vers à ses amis. Ils partagent son émerveillement, *Le Bateau ivre*, cet hymne sublime d'un cœur universel, trouve ses premiers lecteurs et, dans une lettre enflammée, Verlaine invite instamment l'inconnu à Paris : « *Venez, chère grande âme, on vous attend, on vous désire* [1]. » Et Rimbaud vient. Ce n'est pas l'homme qu'ils s'étaient représenté. C'est un jeune garçon d'une robustesse singulière, l'air quasi démoniaque, une sorte de Vautrin au visage d'enfant vicieux, aux mains rouges et agressives. Sombre, revêche, acariâtre, il ne s'envole que par l'alcool et par la poésie pour de flamboyantes extases; il prend place à table à côté des femmes, mange comme quatre et ne dit pas un mot. Par trois fois il avait déjà fui l'école pour se rendre à Paris, par trois fois on l'a renvoyé chez lui, à présent il a décidé avec une volonté inflexible de ne lâcher prise en aucun cas. Pour Verlaine ce météore représente le bonheur. Il trouve en lui enfin l'ami qui, par sa supériorité intellectuelle et sa force virile, le stimule, le vivifie et l'arrache à lui-même : à dix-sept ans, déjà plus radical que Nietzsche à la fin de sa vie, Rimbaud, l'amoralisme en personne, lui enseigne l'anarchie, le mépris de la littérature, le mépris de la famille, le mépris des lois, le mépris du christianisme. Avec ses paroles tendues, dures, sarcastiques, et pourtant d'une puissance irrésistible, il l'extirpe de sa terre molle. Il le

---

1. Le texte exact de la lettre est : « Venez vite, chère grande âme, on vous désire, on vous attend. » *(N.d.T.)*

déracine. Au début, ils traînent ensemble dans Paris, ils boivent et ils parlent, ils parlent et ils boivent, sinon que Rimbaud, ce génie, ce démon animé d'une force primitive, surnaturelle, boit pour se sentir plus libre, pour être, à travers l'ivresse, davantage en accord avec sa démesure tandis que Verlaine boit par peur, par remords, par mélancolie, par faiblesse. Peu à peu Rimbaud acquiert sur son aîné un pouvoir magique, diabolique, il devient l'« *époux infernal* » qui transforme Verlaine en une femme asservie et un beau jour de 1872 ils prennent la route tous les deux. Verlaine quitte épouse et enfant et c'est le début d'une existence vagabonde à travers la Belgique et l'Angleterre. Le joug se fait de plus en plus lourd. Dans quelle mesure cette amitié a-t-elle été colorée par une sexualité sous-jacente? Cela restera à jamais de l'ordre de la conjecture et ne regarde en fin de compte personne. Toujours est-il que le despotisme exercé ouvertement par le garçon enragé sur l'homme veule s'exprime de façon de plus en plus impérieuse. Rimbaud enchaîne Verlaine tel un forçat à sa volonté de fer; ces années insensées voient se dissiper presque entièrement l'héritage paternel, de taverne en bistrot, dans la consommation d'ale et de porter. Enfin, le faible Verlaine se ressaisit : dans la puanteur des brumes londoniennes, soudain assailli par le mal du pays, il aspire à retrouver sa chaude maison bourgeoise, son épouse à qui il propose, par l'intermédiaire de sa mère, de revivre avec lui à la campagne, son enfant; il a la nostalgie du calme et d'une existence assurée. Tout comme, jeune écolier, il s'était enfui de sa pension, il échappe à son geôlier et laisse Rimbaud seul à Londres, sans un *farthing* [1] en poche, pour se rendre en toute hâte à Bruxelles où il doit rencontrer sa mère chargée de lui apporter un message de sa femme.

1. Le quart d'un penny. *(N.d.T.)*

Mais les nouvelles sont mauvaises. L'épouse de Verlaine n'a plus l'intention de reprendre la vie commune avec un vagabond et un buveur. Ainsi abandonné, il se voit à nouveau livré à lui-même, lui l'être faible, incapable d'accomplir le moindre pas, que ce soit vers le bien ou vers le mal, sans une aide, sans femmes, sans ami. Aussitôt, il adresse un télégramme au camarade, au bourreau bien-aimé, au maître de sa volonté et il lui donne rendez-vous à Bruxelles. Rimbaud vient ; Verlaine l'attend en compagnie de sa mère, éméché comme à l'accoutumée, surexcité par l'émotion et le dépit. Et, au moment où Rimbaud se déclare prêt à repartir mais réclame au préalable de l'argent, martelant la table d'un poing énergique, réclame de l'argent, encore et toujours de l'argent, Verlaine, pris subitement d'une fureur d'ivrogne, sort un revolver de sa poche et tire par deux fois sur lui. Rimbaud, légèrement blessé, s'enfuit dans la rue. Épouvanté par son geste, Verlaine se lance à sa poursuite afin de s'excuser et le rattrape en plein boulevard. Un mouvement équivoque fait croire à Rimbaud que Verlaine a l'intention de tirer encore, il crie pour appeler à l'aide et on se saisit de Verlaine, qui dès lors ne pourra pas échapper aux rigueurs de la loi belge. Paul Verlaine, le plus grand poète français, est condamné pour « coups et blessures » à deux ans de prison qu'il purgera à Mons, une petite ville de province wallonne, de 1873 à 1875.

Là s'accomplit la profonde métamorphose de Verlaine qui semblait garantir la guérison de ses troubles intérieurs. La privation d'alcool eut avant tout un effet bénéfique. Son cerveau, qu'on aurait dit jusqu'alors baignant dans des brumes humides, émerge d'un engourdissement éthylique : ce qui était loin se rapproche, ce qui était loin paraît beau. L'enfance resurgit ; il rêve d'innocence, il rêve de ses jeunes années et tout, dans ce silence inaccoutumé, se transforme en poèmes limpides.

L'unique personne qu'il puisse voir est le prêtre et, avec cet immense besoin d'abandon, avec cette touchante nécessité de s'épancher qui fait de Verlaine le plus subjectif de tous les poètes modernes, oublié de tous, le « *cœur plus veuf que toutes les veuves* », il se laisse aller à la volupté de la confession. Enfin il peut, lui pour qui le repentir est jouissance, déverser son trop-plein d'accusations, de culpabilité, enfin il rencontre à nouveau une autorité qui guidera sa vie perdue, égarée. Pour la première fois après tant d'années, Verlaine, le Parisien corrompu, se confesse, il reçoit la communion ; il revient à la foi : dans la cellule blanche de la prison de Mons le « bon pécheur » rejoint les rangs des grands poètes catholiques et atteint parfois la véhémence des mystiques. Une nouvelle force de concentration est née en lui, pour la première fois la faiblesse névrotique est vaincue par l'extase religieuse, l'érotisme spiritualisé est devenu ferveur, la passion amour de Dieu. Les vers de *Sagesse* qui voient le jour ici ainsi que les dernières *Romances sans paroles* qu'il achève représentent le sommet de son art, et on comprend que dans d'autres vers écrits bien plus tard il nommera avec nostalgie cette prison le « château magique où [son] âme s'est faite » et qu'il ne cessera de regretter ces heures de pureté et de foi.

Incommensurable est le don que lui offre le destin au cours de ces deux années, mais la justice belge quant à elle ne lui fait pas cadeau d'un jour de peine. Il est libéré le 16 janvier 1875. À la sortie, aucun de ses amis ne l'attend, il ne trouve que sa vieille mère, toujours fidèle.

À peine rentré dans le monde, à peine détaché

du solide rempart que constituaient ses quatre murs, Verlaine recommence à chanceler. Pendant son incarcération, sa femme a obtenu le divorce, ses amis parisiens l'ont oublié; il se sent trop faible pour vivre seul. Son premier mouvement le pousse malgré lui à nouveau vers son démon, Jean Arthur Rimbaud, avec lequel il était resté envers et contre tout en relations épistolaires. Il lui écrit et il semblerait qu'une timide tentative de conversion se soit glissée dans la lettre, car Rimbaud, qui donne alors des cours de français en Allemagne, répond, ironique, que « Loyola » n'a qu'à venir lui rendre visite à Stuttgart. Verlaine fait le voyage et essaie de le tourner vers la foi : malheureusement, dans une salle d'auberge, endroit peu approprié pour les prosélytes et les prophètes. Le néophyte et l'athée ont conservé un point commun : la passion de la boisson, et ils passent une bonne partie de la nuit ensemble à boire et à parler. Cette tentative de conversion n'a eu aucun témoin : on n'en connaît que l'issue tragique. Sur le chemin du retour, une dispute éclate entre les deux hommes ivres et, sur la rive du Neckar, inondés par le clair de lune, ils se précipitent l'un sur l'autre — moment grandiose de l'histoire de la littérature! Armés de bâtons, les deux plus grands poètes français se battent. Le combat est de courte durée. Le gaillard athlétique, vigoureux qu'est Rimbaud ne tarde pas à venir à bout d'un Verlaine nerveux et titubant. Un coup sur la tête le jette à terre, il reste allongé sur la berge, évanoui et en sang.

Ce fut leur dernière rencontre. Commence alors l'impressionnante odyssée de Rimbaud [1] à travers le monde vers des continents inconnus, et cette course éperdue contre le destin, pareille à celle de l'amok, jusqu'à ce que, vingt ans plus tard, les flots

1. On trouvera davantage de détails dans mon édition des œuvres de Rimbaud (Insel Verlag, 1921). *(N.d.A.)*

le rejettent lui aussi, fracassé, sur le rivage de la France. Verlaine, de son côté, retourne aussitôt à Paris, puis devient professeur de français à Londres, s'essaie à la vie rurale, fait de vaines tentatives pour réintégrer le monde de la bourgeoisie qui ne veut plus de cet être usé. Son chef-d'œuvre, *Sagesse*, paraît en 1881 chez Palmé, un éditeur catholique — plus précisément un marchand d'objets de piété. Personne ne s'y intéresse, les milieux littéraires pas plus que les croyants, et peu à peu la ferveur religieuse que l'on avait pu trouver dans la poésie de Verlaine se dilue à nouveau dans l'alcool. Sa vieille mère tente encore, en pure perte, de le sauver ; en 1885 elle achète une propriété à la campagne pour entamer avec lui une existence retirée. Mais son faible fils se soûle dans les cabarets et commet, en état d'ivresse, son ultime délit, le plus ignominieux : il brutalise cette femme âgée de soixante-quinze ans et se voit condamner par le tribunal de Vouziers à une peine de un mois de prison pour « violences et menaces graves ».

À sa sortie de la maison d'arrêt, cette fois-ci sa mère n'est plus là pour l'attendre. Elle aussi s'est lassée de lui. Elle aussi. Elle s'éteindra un an plus tard.

À présent Paul Verlaine dévale la pente. Avec sa mère, c'est son dernier soutien qui disparaît. Il n'a pas de maison, pas de point d'appui ; ce qui restait de sa fortune s'est consumé — « *et tout le reste est littérature* ».

Le vieil homme au visage de faune, avec son chapeau posé de travers sur son crâne chauve, entouré en permanence d'une horde de parasites, ne tarde pas à devenir une figure typique du Quartier latin. Il boite d'une jambe, appuyé sur une canne, il va d'une démarche lourde et saccadée de café en café, et toujours il a autour de lui un essaim de prostituées, de littérateurs, d'étudiants. Il partage la table du premier venu ; pour vingt francs il vend à qui le désire une dédicace de son prochain recueil, et n'importe qui devient son ami en échange d'une absinthe. Ce n'est plus maintenant au prêtre qu'il se confesse ; au café il livre sa vie avec empressement au moindre journaliste, au moindre curieux ; plein de repentir, il pleurniche et rêvasse tant que son ivresse est encore douce, mais dès qu'il est franchement soûl, il se déchaîne, pleure, fait claquer sa canne sur la table. Entre-temps, il écrit des poèmes — ô combien mauvais ! — à la demande : pornographiques, d'inspiration catholique, homosexuelle, tendrement lyriques ; et il se précipite sur les quais chez Vanier, l'éditeur, qui lui avance une ou deux pièces de cent sous par poème. Quand rien ne va plus, quand il a trop froid dans sa chambre et qu'il se sent trop écœuré par toute cette vermine de littérateurs et de prostituées vivant à ses crochets, il s'enfuit à l'hôpital, son deuxième foyer. Là, les médecins, les étudiants le connaissent et, animés par une certaine sympathie, ils lui permettent de soigner ses rhumatismes plus longtemps que nécessaire. Dans ses habits d'hôpital, coiffé d'un bonnet blanc, il reçoit ses visiteurs à la façon d'un souverain, écrit des vers ou de petites futilités pour les journaux. Puis vient le moment où il en a assez de ce calme, il a la langue sèche, l'alcool lui manque ; il repart dans la rue, titubant, et se traîne de table en table. Avant le mercredi des Cendres il y aura encore la comédie du Mardi gras : à la mort de Leconte de Lisle, des jeunes gens ont organisé une manifestation littéraire et l'élection d'un nouveau roi. À une énorme majorité Verlaine est élu « *prince des poètes* » par le Quartier latin. Il porte fièrement cette dignité toute neuve — mi-monarque mi-bouffon — et songe même un instant à se présenter à l'Académie, mais ses amis coupent court à temps à cette malencontreuse chimère. Il reste là-bas sur le « Boul'Mich' » auprès de la jeunesse qui l'idolâtre et le bafoue à la fois, il fréquente de moins en moins souvent le café, de plus en plus souvent l'hôpital. Et, un jour de janvier 1896, la fin est proche, son corps malade et épuisé est étendu rue Descartes sur le lit d'une femme aux mœurs douteuses, la fameuse Eugénie Krantz qui s'y entendit pendant des années à lui soutirer ses derniers sous tout en le trompant avec chacun de ses camarades. Il meurt comme un gueux dans un lit qui n'est pas le sien, chez une prostituée.

Et soudain, ils sont là de nouveau, les anciens littérateurs amis qui évitaient si craintivement l'ivrogne lorsqu'ils le rencontraient sur le boulevard ; ils sont de nouveau là, tout d'un coup, les poètes respectables, les *settled poets*, ces messieurs de l'Académie, François Coppée et Maurice Barrès. On prononce de beaux discours, c'est un festival d'allocutions pleines de brio, et la misérable dépouille de cette créature faible, torturée, est enfouie sous un amas de fleurs, de couronnes, de paroles, l'enveloppe charnelle du grand poète disparaît dans un caveau du cimetière des Batignolles. *La commèdia è finita...*

De cette vie tragique et dépourvue du moindre héroïsme qui fut la sienne, Verlaine n'a rien caché. Il était un poète au sens où l'entendait Goethe, c'est-à-dire une nature extrêmement communicative, il aimait à se raconter en vers ou en prose, et immense était son besoin de se confesser. Il outrepassait même souvent la vérité, jusqu'à l'exagération, la caricature et l'exhibitionnisme ; mais il fallait qu'il se raconte, qu'il se justifie, qu'il s'excuse, car toute âme dépourvue de force, de volonté, d'autorité morale est fatalement destinée à se tourner par l'accusation, la demande, la prière, vers une instance extérieure : l'humanité, Dieu, les femmes, le poison vert. L'homme fragile n'a cessé de chercher de l'aide, le poète n'a cessé de s'excuser, de se justifier, de s'accuser. Tous ses poèmes sont donc, conformément aussi à l'esprit de Goethe, des fragments d'une seule et unique grande confession. On peut suivre à travers ses vers chaque étape de sa vie : l'ascension, l'épanouissement, la crise et la chute, comme on étudierait l'évolution d'une fleur pétale par pétale et, en un certain sens — on pense encore une fois à Goethe —, on ne discerne toute la profondeur, la pureté de ses poèmes, leur humanité qu'en relation avec sa biographie.

À côté de cette véritable confession versifiée, Verlaine a également rédigé une série d'écrits autobiographiques réunis dans le présent volume [1]; le récit des derniers jours est de la main d'un ami, Cazals. Sur le plan artistique, ces extraits n'offrent rien d'extraordinaire, ils ne font guère que paraphraser sa vie — en quelque sorte simple toile de fond sur laquelle ses poèmes se détachent avec d'autant plus de vigueur et d'éclat. Leur qualité principale réside dans une sincérité tranquille qui ne cache rien, n'enjolive rien, qui se raconte sans prétention, de façon légère, nonchalante, sans jamais essayer de faire passer une existence triste pour agréable et héroïque. Ces aveux, comme ceux contenus dans ses vers, révèlent un personnage d'une émouvante faiblesse qui fut entièrement le jouet du destin, à la merci du moindre état d'âme, esclave du moindre sentiment, mais qui fut aussi pour ces mêmes raisons entièrement détaché de lui-même, poète à l'état pur, pure mélodie.

1. Ce texte est la préface d'un recueil d'œuvres choisies de Verlaine (1922). (N.d.T.)

EDMOND JALOUX

Que Rainer Maria Rilke ait, parmi tous les romanciers français, particulièrement aimé cet auteur et qu'il l'ait honoré de son amitié serait déjà une raison suffisante pour lui réserver en Allemagne un accueil respectueux. À cet attachement nous sommes redevables de l'un des plus délicats et des plus pénétrants livres de souvenirs consacrés à notre poète lyrique allemand — un monument de fraternité spirituelle qui inscrit durablement l'image d'un grand Allemand dans la culture française. Si aujourd'hui de l'autre côté du Rhin, par-delà les barrières de la langue, on pressent la grandeur de Rainer Maria Rilke sans connaître ses vers dans leur couleur et leur plénitude originelles, c'est à Edmond Jaloux qu'on le doit.

Cette capacité de compréhension, cette faculté de pénétrer les mouvements les plus secrets du cœur sont la qualité principale de l'artiste qu'est Edmond Jaloux. Les intrigues de ses romans ne sont jamais dessinées de façon grossière, elles ne créent pas chez le lecteur, comme si elles l'attachaient à une corde, une tension quasi insupportable, elles ne l'enchaînent pas sauvagement, brutalement. Dans une progression très lente, insensible, sa psychologie aborde à tâtons l'espace mystérieux des événements intérieurs, et il est l'un des rares romanciers chez qui l'on puisse voir aussi distinctement la qualité primordiale de la culture française : la mesure, le sens musical de la mesure qui rend tout plus léger. Une vaste connaissance du monde se manifeste, sans s'étaler, très discrètement ; par un très petit nombre d'échantillons étincelants l'artiste laisse entrevoir une maîtrise des objets et des sujets bien plus importante que celle qu'il veut bien révéler afin de ne pas nuire à l'équilibre de l'œuvre d'art. Ce juste milieu, ce ni trop ni trop peu, confère à ses romans une grâce particulière. Ils sont issus, on le sent bien, d'une tradition du récit vieille de plusieurs décennies, qui — à côté de l'art monumental de Balzac et de l'art brutal de Zola — ne cessa d'être entretenue en France et dont l'ancêtre fut peut-être Théophile Gautier, tandis que Henri de Régnier et Marcel Proust en furent les continuateurs les plus remarquables.

Edmond Jaloux a écrit beaucoup de romans. La plupart ne sont guère épais. Pas plus que l'aquarelle ne saurait s'adapter aux amples dimensions de la fresque, son art délicat ne saurait entrer dans le cadre épique d'une saga en plusieurs volumes. Il trace un décor étroit, mais il le remplit tout entier. Il ne met en scène à chaque fois que quelques personnages, il se passe peu de choses, mais ces personnages sont pour ainsi dire grands en eux-mêmes, par leur connaissance des valeurs universelles. Ce sont des créatures qui évoluent dans le monde supérieur du savoir, jamais des êtres grossiers, apathiques. Ils se sont abreuvés de toutes les cultures, ils ont lu les meilleurs ouvrages sans pour autant être des littérateurs ou des natures ésotériques ; seule leur vie intérieure s'est enrichie de cette nourriture infinie et ils sont capables — comme leur créateur — de capter la vibration la plus ténue qu'il leur transmet et de laisser leur existence tout entière en être bouleversée. Les romans de Jaloux dépeignent un monde dans lequel on aimerait vivre ; les hommes qu'on y côtoie ne sont pas des brutes criminelles, ils ne sont pas grossièrement sensuels, ce ne sont pas des esthètes snobs — ils correspondent parfaitement à ce que l'on désigne en Allemagne sous le nom d'esprits « éclairés », un terme que les Français n'utilisent pas mais qu'ils illustrent par leur façon d'être. Ils sont éclairés dans leurs pensées, dans leurs propos, dans leur savoir, et jusque dans leur expérience vécue.

Cette faculté particulière de compréhension a également fait d'Edmond Jaloux l'un des critiques les plus écoutés en France. Aux *Nouvelles littéraires*, il exerce avec la passion que l'on sait la fonction dans laquelle avait jadis excellé Sainte-Beuve, celle de critique et d'un observateur de la littérature mondiale conscient de sa responsabilité. Toute une série de ses articles concerne la littérature allemande, et même chez nous on a écrit peu de lignes plus fondamentales et plus affectueuses sur Jean Paul, E.T.A. Hoffmann et bien des écrivains de la génération montante que dans ses analyses poétiques qui ont éveillé l'intérêt des Français précisément pour l'Allemagne secrète, nos « esprits paisibles ». Aussi est-ce un simple devoir de justice, même à une époque où tant de choses insignifiantes passent la frontière indûment, en fraude, d'introduire chez nous un artiste représentatif à la fois de l'essence de la pensée française et de l'esprit européen ; et c'est justement grâce à son exemple, à travers sa délicatesse particulière et une pureté de forme liée à des limitations librement choisies, qu'il nous est possible de comprendre ce que nous appelons la culture française.

L'amour de cet écrivain pour le romantisme allemand, l'hommage si éloquent rendu par lui à l'idéalisme allemand, nous permettent d'en être assurés : manifester notre estime reconnaissante à l'égard de son œuvre et de son action et diffuser ses romans en langue allemande ne feront que resserrer encore davantage les liens d'une réelle amitié.

MERCI À ROMAIN ROLLAND

Je l'avais déjà rencontré auparavant. Je l'avais déjà aimé alors. À cette époque déjà, en ces heures insouciantes, je vénérais son œuvre, et son amitié me remplissait de joie et d'une reconnaissance confuse, tel un cadeau insuffisamment mérité [1]. Mais il a fallu que je vive les jours les plus sombres de mon existence pour que je saisisse la grandeur sans pareille de sa présence spirituelle. Journées effroyables, ineffaçables, dans l'enfer de la guerre je ne vous oublie pas, journées où, en proie à la honte et au dégoût, on avait l'impression d'avoir le cœur sur le bord des lèvres, où, courbant soi-même l'échine sous un monde en train de s'effondrer, on menaçait de devenir lâche et vil, prêt, par désespoir, au moindre subterfuge, où l'on ne trouvait plus dans ses poumons desséchés la force de crier — non, je ne vous oublie pas, journées de désespoir et d'opprobre où tout aurait pu sombrer s'il n'y avait eu, pour retenir les esprits chancelants, ceci : la présence exemplaire de ce grand Européen. Il était loin, il était hors de portée, en cette période de frontières murées, seuls certains

1. Stefan Zweig était en contact épistolaire avec Romain Rolland depuis 1910 et il le rencontra peu avant la Première Guerre mondiale (en 1911 et 1913). *(N.d.T.)*

de ses propos, de ses lettres, parvenaient à passer ; mais, de même que pour celui qui est enseveli dans une formidable galerie de mine le plus minuscule point lumineux devient le garant de l'existence d'un monde supérieur, d'un ciel éclairé, et annonce la délivrance, de même, la lumière qu'il irradiait, son regard dominant le tumulte avec l'éclat d'une étoile m'aidèrent à relever la tête. Ce petit point lumineux, cet astre délicat — l'espoir —, brillait au-dessus de bien des hommes ensevelis ; il fut source de réconfort et d'un nouvel élan dans d'innombrables labyrinthes : et chacun, suivant son propre chemin, mais guidé par lui, se redressa peu à peu. Pour brûler d'une telle assurance il fallait la foi embrasée qu'il était seul à posséder en ces jours-là : c'est alors que nous avons tous véritablement reconnu la grandeur humaine de cette figure longtemps demeurée dans l'ombre.

Et telle est bien, aujourd'hui comme alors, toujours renouvelée, la magie intense de Romain Rolland : tirer des individus le meilleur d'eux-mêmes en offrant l'exemple manifeste d'une vie consacrée tout entière et avec passion à l'action. C'est l'être le plus revigorant que je connaisse ; pareil à l'aimant qui retire le fer du crassier, par sa présence, son assistance muette, il extirpe du chaos de nos poitrines ce qui en nous brille, résonne, en un mot ce que nous recelons de plus noble. Selon un miracle légendaire attesté par tous les temps et tous les livres, un individu à la volonté pure et à la foi indestructible dit à celui qui est tombé à terre : « Lève-toi et marche ! » — et cette magie de l'impulsion créatrice il la possède en partie sur le plan moral : je ne crois pas qu'aucun autre artiste de notre époque ait eu sur autant de gens une influence aussi purificatrice, aussi tonique, aussi vivifiante que Romain Rolland.

Chaque fois que je le rencontre, je suis en même

temps ravi et confus. Chaque fois que je contemple sa vie de tous les jours, il me paraît à nouveau inconcevable que tant de choses puissent être réunies dans le cadre étroit d'une seule existence. En premier lieu, le travail, cette activité incessante de l'esprit, pareille à un puits sans fond où le seau descend pour remonter en un cycle ininterrompu de vingt heures. Ensuite, cette curiosité intellectuelle qui englobe cinq continents, toutes les époques et tous les secteurs, qui, jamais lasse, cherche à atteindre, lucide, les recoins les plus cachés. Puis, l'amitié qui flaire avec une vigilance affectueuse la moindre occasion de faire plaisir alors qu'on ne s'y attend pas, clairvoyante elle aussi mais sagace, ne s'attardant pas sur les petits défauts d'autrui. Enfin, cette inébranlable équité, toujours tempérée par la bonté, cette façon permanente de reconnaître les fautes, mais sans juger ni s'indigner. Et, par-dessus tout et inhérent à tout cela : la passion, ce constant intérêt passionné pour chacun et pour tout, pour les choses et les êtres, ainsi que pour ce qui les unit, planant invisible autour d'eux : la musique.

Il n'est personne à qui l'homme que je suis soit plus redevable qu'à cette figure si présente, d'une si merveilleuse humanité, et je suis heureux de savoir que je ne suis pas le seul à le ressentir avec une telle intensité.

CHATEAUBRIAND

Lors de tout bouleversement, qu'il ait pour nom guerre ou révolution, l'artiste se laisse aisément entraîner par l'enthousiasme de la foule ; mais, à mesure que le rêve partagé commence à se concrétiser au sein de la communauté humaine, l'individu qui avait foi dans cette idée se dégrise au contact des réalités. C'est à la fin du XVIIIᵉ siècle que les poètes européens sont pour la première fois conscients de ce conflit éternel autant qu'iné-luctable entre un idéal social ou national et la tournure trouble qu'il prend lorsque les hommes le réalisent. La Révolution française, l'épopée napoléonienne, l'unité allemande — ces creusets brûlants où vient se fondre la volonté ardente du peuple —, toute la jeunesse intellectuelle et même les gens d'âge mûr s'y jettent d'un cœur joyeux. Klopstock, Shelley, Byron exultent : enfin les rêve-ries de Rousseau concernant l'égalité entre les hommes vont voir le jour, une nouvelle république universelle va émerger des décombres de la tyran-nie, et du haut des étoiles les ailes de la Liberté planent à nouveau, scintillantes, sur le toit de la terre. Mais plus la liberté, l'égalité et la fraternité sont décrétées et ont force de loi, plus elles font partie intégrante de l'État et de la société, plus les vertueux rêveurs s'en détournent, désenchantés ;

les libérateurs se sont transformés en tyrans, le peuple en populace et la fraternité en glaive ensanglanté.

De cette première déception du siècle est né le romantisme. Quand on partage les idées des autres mais qu'on se contente de rêver, le prix à payer est toujours lourd. Ceux qui les mettent en pratique, les Napoléon, les Robespierre, les centaines de généraux et de députés, ce sont eux qui façonnent l'époque, qui s'abreuvent de pouvoir : les autres gémissent sous leur tyrannie, la Bastille fut remplacée par la guillotine, ceux qui sont déçus courbent l'échine devant la volonté dictatoriale, ils se plient devant la réalité. Les romantiques, eux, ces petits-fils de Hamlet, balançant entre la pensée et l'action, refusent de faire plier les autres et de se laisser plier : ils veulent simplement continuer à rêver, rêver sans cesse d'un monde où la pureté reste intacte, où les idées revêtent une forme héroïque. Et ainsi ils s'enfuient toujours plus loin de leur époque.

Cependant, comment lui échapper ? Où fuir ? « Retournons à la nature ! », tel était l'appel prophétique lancé un demi-siècle plus tôt par Rousseau, le père de la Révolution. Mais la nature selon Rousseau — ses disciples l'ont appris — n'est qu'un concept imaginaire, une construction de l'esprit. Sa nature, la solitude idéale, a été détruite par le découpage républicain de la France en départements. Le peuple si irréprochable sur le plan moral voulu par Rousseau est depuis longtemps devenu la populace des sanglants tribunaux. En Europe, la nature, la solitude n'existent plus.

Face à une telle détresse, les romantiques continuent de fuir. Les Allemands, ces éternels rêveurs, se réfugient dans le labyrinthe de la nature (Novalis), dans les fantasmes, le conte (E. T. A. Hoffmann), dans une Grèce mythique (Hölderlin);

moins exaltés, les Français et les Anglais choisissent l'exotisme. Par-delà les mers, à l'écart de la civilisation, c'est là qu'ils cherchent la « nature » de Jean-Jacques Rousseau, c'est chez les Hurons et les Iroquois, dans les grandes forêts de Dieu qu'ils cherchent l'homme bon. En 1809, tandis que sa patrie est engagée dans une lutte à mort avec la France, lord Byron cingle vers l'Albanie et se fait le chantre de la pureté héroïque, de la grâce des Arnautes [1] et des Grecs, Chateaubriand envoie son héros chez les Indiens du Canada, Victor Hugo célèbre l'Orient. Déçus, ils fuient de tous côtés pour voir s'épanouir tel qu'en lui-même leur idéal romantique dans une terre vierge.

Mais, quel que soit l'endroit qui leur sert de refuge, partout ils emportent avec eux leurs désillusions. Partout ils apparaissent avec l'expression sombre et tragique des anges réprouvés, s'enfonçant dans la mélancolie la plus noire ; leur pusillanimité, qui les fait reculer, craintifs, devant l'action, se dérober à la vie, est élevée au rang d'une attitude solitaire, fière et méprisante. Ils se targuent de toutes les infamies — incestes, crimes — qu'ils n'ont jamais commises. Ce sont eux les premiers neurasthéniques de la littérature et en même temps les premiers comédiens du sentiment ; ils se placent de force en dehors des normes, dans le but de se rendre intéressants sur le plan littéraire. À partir de leur déception personnelle, du caractère hybride de leur volonté paralysée et rêveuse, ils sécrètent ce poison qui minera la santé d'une génération entière de jeunes gens et de jeunes filles : le mal du siècle dont souffre encore plusieurs décennies plus tard toute la poésie lyrique allemande, française, anglaise.

Que n'ont-ils pas représenté au regard du monde, ces héros emphatiques qui développèrent

1. Nom donné aux Albanais par les Turcs. (N.d.T.)

53

leur sentimentalité jusqu'à lui donner une dimension cosmique, eux tous, René, Héloïse, Obermann, Childe Harold, Eugène Onéguine! Combien une jeunesse les a aimés, ces désenchantés, ces mélancoliques, comme elle s'est exaltée au contact de ces personnages qui jamais ne furent entièrement vrais et jamais ne le seront, mais dont le lyrisme déclamatoire élève si suavement les âmes passionnées! Pourrait-on compter les larmes, les millions de larmes que les noms de René et d'Atala firent couler? Pourrait-on mesurer les pleurs de compassion déversés sur leur sort mélancolique? Nous, loin de tout cela, nous les observons presque en souriant, avec un regard critique, nous sentons qu'ils ne font plus partie de nous, de notre vie. Mais l'art, qui de toute éternité est Un, relie sous son nom bien des choses et tout ce à quoi il donne forme est toujours présent, est toujours près de nous. Là où il s'est manifesté, ce qui est mort n'a pas définitivement disparu. Il ne laisse aucun rêve se flétrir, aucun désir se faner. Et ainsi, de lèvres sans vie s'échappent un souffle et une musique que nous buvons encore.

POUR RAMUZ [1]!

Quand un artiste de haut rang choisit d'enfermer sa création dans une sphère étroite, dans un petit cercle limité par sa volonté propre, cela peut constituer pour son œuvre un avantage important, ou bien un grand danger.

L'avantage en soi est représenté par la concentration, le rassemblement économe de toutes les forces créatrices dans un cadre unique. Ainsi l'artiste échappe au risque du morcellement, de l'éparpillement, il évite un regard, une construction diffus, flous, parce qu'il a fait sa mise au point toujours à la même distance, parce que, grâce à ce réglage optique, il voit les objets comme il faut, à leur juste proportion, parce que, à travers cette expérience sans cesse renouvelée, ses connaissances deviennent plus sûres dans ce domaine et ses observations plus aiguës et plus complètes. Il est seigneur et maître sur ses propres terres et, dans la mesure où il ne se déplace qu'au sein d'une seule et même atmosphère spirituelle, et où il ne quitte jamais la sécurité de son royaume pour se lancer dans des explorations téméraires, il est moins à la merci des variations barométriques et des fortes dépressions de l'âme

1. Le titre est en français dans le texte. (N.d.T.)

que celui qui, errant en nomade, éternellement cherche et expérimente quelque chose d'autre. Alors que ce dernier a pour terrain de chasse l'univers entier d'aujourd'hui et d'hier, l'artiste enfermé dans son cadre laboure son champ avec la patience, la ténacité, la compétence et la force persévérante d'un cultivateur, gagnant en intensité ce qu'il perd en étendue.

Mais toute spécialisation, dans n'importe quel domaine, comporte un danger, et l'artiste qui a résolu de réduire le monde à un microcosme peut facilement perdre le sens des proportions : habitué à l'horizon de son cadre étroit, il prendra des futilités pour des phénomènes très importants et confondra le banal avec l'exceptionnel, le train-train quotidien avec ce qui est digne d'intérêt. Comme tout spécialiste en quelque science que ce soit, il oubliera que son petit univers personnel ne coïncide en rien avec le monde matériel. Là où son regard exercé, avec la précision du microscope, perçoit encore une diversité et des nuances, les autres ne voient que grisaille et ennui, et, tandis qu'il estime produire à chaque fois un ouvrage nouveau, pour les autres il s'agit toujours du même livre ; là où il croit varier, ceux-ci ne ressentent que monotonie. L'artiste qui, sciemment, choisit un cercle restreint dont, non moins sciemment, il ne débordera jamais, doit d'emblée s'attendre à être jugé avec indifférence ou, dans le meilleur des cas, à passer pour une curiosité aux yeux du reste du monde qu'il déprécie par son refus ou son désintérêt : qui lui donne peu d'amour a peu d'amour à en attendre en retour.

Il devrait en être logiquement ainsi. Mais le grand art est toujours plus fort que les lois de la raison et plus astucieux que la logique ; il s'impose, dans chacune de ses formes, même la plus marginale, grâce à un secret — secret impossible à apprendre, à transmettre. De tous les écrivains essentiels de notre époque, c'est sans contre-dit C. F. Ramuz qui a, peut-être le plus énergiquement, le plus délibérément, entrepris de limiter ainsi de son plein gré, voire de borner son horizon. Son œuvre — sur le strict plan spatial, et non au niveau de sa dimension spirituelle — ne va jamais au-delà d'un petit canton suisse; et même à l'intérieur de ce canton il a été jusqu'à placer avec soin les montagnes autour de l'étroite vallée. Les couches sociales sont elles aussi soumises à un tri : le bourgeois, le fabricant, le marchand, tous ces gens-là ne pénètrent que peu dans son champ de vision. Son humanité ne se compose que de paysans, d'hommes de la terre, de créatures primitives et élémentaires. Même le paysage choisi par lui n'a rien de spécialement romantique, de spécialement sublime. Au sein du plaisir de la création, Ramuz semble trouver un plaisir particulier à n'œuvrer toujours qu'à partir d'un matériau aride et résistant. Choisir la banalité la plus grande pour en extraire des choses extraordinaires, tirer la plus brillante étincelle de la roche la plus dure, voilà ce qui l'attire, et dans sa prédilection pour la difficulté il a le courage d'aller jusqu'à l'extrême. Il aime se compliquer sciemment la tâche. Avec une terreur véritablement panique il fuit, comme on fuit une vipère, le mélodrame et le sentimentalisme, il évite toutes les tensions, les excitations des sens, les trouvant trop faciles; ses sujets sont, à proprement parler, à peine plus que des *faits divers* sublimés, tels qu'ils sont rapportés brièvement dans la gazette du canton, à savoir des événements de la vie quotidienne que sa passion est de rendre uniques. Épuiser de la sorte un paysage, une sphère étroite, avec une telle ténacité, une telle constance, devrait engendrer un épuisement, une immense fatigue et le lecteur devrait se dire : assez de ce petit canton, assez de ce petit village ! Tout cela est très intéressant sur le plan folklorique et dépeint d'une façon très pénétrante. Mais les paysans vaudois, ça suffit, je sais maintenant tout sur eux, tout!

Or comment C. F. Ramuz a-t-il surmonté l'écueil de la monotonie, de la répétition, de la lassitude inhérentes à la matière traitée? Son secret n'a rien de nouveau ni de particulier — c'est le secret éternel et unique de l'artiste : l'intensité intérieure. À un degré élevé de l'art, ou plutôt à son sommet, il n'existe plus de sujet, d'objet, de contenu. Seule demeure la maîtrise absolue grâce à laquelle il n'y a plus guère d'importance que l'objet représenté soit pour nous banal ou raffiné, car cette maîtrise dans la représentation fait justement accéder les « sujets » dans leur matérialité à une sphère supérieure, la sphère de la perfection (qui est la même pour tout). La botte de paysan déchirée peinte par Van Gogh, un arbre de Hobbema, la violette de Dürer, une pomme de Cézanne, tous ces motifs si ordinaires ont acquis par un plus grand dynamisme, comme sous l'effet d'une tension artérielle plus forte, une telle intensité que nous ne voyons plus leur trivialité mais le miracle de leur transfiguration. Aussi est-il accessoire que les paysans de Ramuz soient des hommes lourds et rudes et que moi-même — en ce qui me concerne — j'étoufferais si j'étais forcé de vivre en permanence avec ces montagnes pour unique horizon. L'important, ce n'est pas de savoir qui ils sont; c'est ce que l'auteur en fait, quelles forces il éveille en eux ou leur insuffle. D'abord, dans les premières pages de ses livres, ils marchent tous d'un pas pesant et on se promet de ne pas les accompagner bien loin; pourtant, peu à peu, il émane d'eux une violente attraction, on sent qu'ils sont poussés par un sort tout-puissant ou qu'ils vont au-devant de leur destin. Leur banalité, leur normalité se détachent d'eux comme une croûte, leur être intérieur acquiert la transparence d'une substance ignée. Mais, si ces hommes durs se trouvent grandis, il n'y a derrière cela aucune technique, aucune volonté d'accéder à une plus haute marche de la spiritualité ; c'est que Ramuz, avec son don d'observation intense, exalte tout ce que son œil effleure, cette façon de tout percer à jour sans relâche, d'élever, de dynamiser les choses est chez lui une fonction première de l'âme, c'est son élémentaire puissance créatrice. La preuve en est que son regard a aussi le même effet vivifiant sur ce qui est (en apparence) inanimé, sur la nature — un roman comme *La Grande Peur dans la montagne* est, plutôt que celui d'un individu, le roman de l'âme de la montagne, c'est le mythe moderne d'un paysage considéré par tous comme sans intérêt, certainement pas mentionné dans un seul guide touristique de Suisse. Il y a du feu dans les yeux de Ramuz, et ce feu fait fondre, s'assouplir ce qui est dur, fermenter et croître ce qui stagne, reprendre vie à ce qui est en léthargie et soudain s'enflammer l'ombre d'un reflet magique — regard véritable du poète, du créateur, regard du démiurge sans cesse occupé à recréer le monde.

À cela s'ajoute l'art d'être économe de son génie, de ne pas le dilapider, de rendre sublimes les choses simples et, à l'inverse, de faire que le sublime devienne simple. De chercher un effet en profondeur, et non un effet superficiel, la densité et non la prolixité. De ne pas fatiguer avec des descriptions superflues à la manière des écrivains du Nord, d'utiliser au contraire, en bon Suisse, la langue de façon à la fois concise et ferme, et pourtant de pouvoir s'élancer grâce à cette prose tendue et sobre jusqu'aux hautes sphères de la poésie. Ce mélange singulier de retenue et de don de soi, de connaissance de l'art et de force primitive est pour moi le plus beau secret de son œuvre. C'est aussi celui qui lui assure avec une telle constance l'admiration de ses camarades en même temps que l'amour de ses lecteurs.

JOSEPH ROTH

Prendre congé est un art difficile et amer que ces dernières années nous ont amplement, oui, plus qu'amplement donné l'occasion d'apprendre. De combien de choses, combien de fois, avons-nous dû, nous les émigrés, les expulsés, prendre congé : de notre pays natal, de notre sphère d'activité particulière, de notre maison et de nos biens, de la sécurité acquise de haute lutte au fil des ans. Songeons à tout ce que nous avons perdu, sans cesse, les amis dont la mort, la lâcheté, nous ont séparés, et en premier lieu la foi, la foi en une organisation pacifique et équitable du monde, la foi en la victoire finale et définitive du droit sur la violence. Nous avons été trop souvent déçus pour brûler encore d'un espoir exubérant et, par instinct de conservation, nous essayons de discipliner notre cerveau, de l'entraîner à ignorer, à surmonter rapidement chaque nouveau bouleversement et à considérer tout ce qui est derrière nous comme à jamais révolu. Mais il arrive que notre cœur refuse de se plier à une telle discipline et d'oublier aussi vite, de façon aussi radicale. À chaque fois que nous perdons quelqu'un, l'un des rares êtres que nous savons irremplaçables et uniques, nous sentons, interdits et heureux en même temps, combien notre cœur meurtri est encore capable de ressentir la douleur et de se révolter contre un sort qui nous ravit beaucoup trop tôt les meilleurs d'entre nous, ceux que nul ne pourra remplacer.

Notre cher Joseph Roth était un de ceux-là. Inoubliable est l'homme ; quant à l'écrivain, aucun décret ne pourra jamais le radier des annales de l'art allemand. En lui se mêlaient, comme chez personne d'autre, les éléments les plus divers à des fins créatrices. Ainsi que vous le savez, il venait d'une localité à la frontière entre la vieille Autriche et la Russie ; cette origine a exercé un effet déterminant sur la formation de sa sensibilité. Il y avait en Joseph Roth un Russe — je dirais presque un Karamazov —, un homme des grandes passions qui allait au bout de toutes ses expériences ; du Russe il avait en partage l'ardeur des sentiments, une profonde piété, mais aussi le funeste penchant à l'autodestruction. Il y avait également un deuxième homme en Joseph Roth : le juif à l'intelligence claire, extraordinairement éveillée, critique, un sage juste et par là même bienveillant qui regardait avec un mélange d'effroi et d'amour secret cette autre partie de lui, sauvage, russe, démoniaque. Enfin, de ses origines un troisième élément ressortait : l'Autrichien, distingué et chevaleresque dans le moindre de ses gestes, aussi aimable et fascinant dans la vie quotidienne qu'inspiré et musicien dans son art. Seule cette association exceptionnelle, introuvable ailleurs, explique à mes yeux le caractère unique de son être, de son œuvre.

Il venait, je l'ai dit, d'une petite ville et d'une communauté juive aux confins de l'Autriche. Or, mystérieusement, les véritables partisans et défenseurs de l'Autriche n'étaient pas à chercher, dans notre curieux pays, à Vienne, la capitale germanophone ; ils ne se trouvaient qu'au fin fond de l'Empire, là où les gens pouvaient, chaque jour, comparer l'autorité nonchalante et débonnaire des Habsbourg à celle bien plus rigide et moins humaine des États voisins. Dans cette petite ville d'où Joseph Roth était originaire, les juifs tournaient vers Vienne un regard reconnaissant. Làbas habitait, aussi inaccessible qu'un dieu dans les nuages, l'empereur, le vieux, le très vieux François-Joseph, et, pleins de vénération, ils louaient, ils aimaient ce monarque lointain comme une légende, ils respectaient, ils admiraient les anges chamarrés de ce dieu, les officiers, les uhlans, les dragons qui amenaient un peu d'éclat dans l'obscurité de leur univers morne et misérable. En quittant sa contrée orientale pour Vienne, Roth emporta donc avec lui le mythe de son enfance, cette vénération pour l'empereur et pour son armée.

Lorsque, au terme d'indicibles privations, il pénétra enfin dans cette ville, sainte à ses yeux, afin d'y entreprendre des études germaniques, il apporta encore autre chose : un amour à la fois humble et passionné, actif et sans cesse renouvelé de la langue allemande. Mesdames et messieurs, ce n'est ni le lieu ni l'heure pour régler leur compte aux mensonges et aux calomnies au moyen desquels la propagande national-socialiste cherche à abrutir le monde. Mais, de tous ses mensonges, aucun n'est sans doute plus grossier, plus ignoble, plus aux antipodes de la vérité que celui selon lequel les juifs en Allemagne auraient manifesté à un moment ou à un autre de la haine ou de l'hostilité envers la culture allemande. Au contraire, et l'Autriche précisément en était un exemple incontestable, dans tous les territoires limitrophes où l'existence de la langue allemande était menacée, le maintien de la culture allemande fut assuré par les juifs et par eux seuls. Les noms de Goethe, de Hölderlin, de Schiller, de Schubert, de Mozart et de Bach n'étaient pas moins sacrés pour ces juifs de l'Est que ceux de leurs patriarches. Cet amour a beau avoir été un amour malheureux et être aujourd'hui assurément bien mal récompensé, aucun mensonge au monde ne pourra au grand jamais en escamoter la réalité, car elle est attestée par des milliers d'œuvres et de faits. Joseph Roth était lui aussi, depuis l'enfance, habité par le désir de servir la langue allemande et à travers elle les grandes idées qui étaient autrefois l'honneur de l'Allemagne : le cosmopolitisme et la liberté d'esprit. Cette vénération l'avait poussé à venir à Vienne où ses connaissances particulièrement approfondies de l'allemand n'avaient pas tardé à se transformer en une maîtrise totale. À son arrivée à l'université, l'étudiant maigre, de petite taille, timide, possédait déjà une culture étendue, péniblement acquise tout au long d'innombrables nuits de labeur, et autre chose encore : sa pauvreté. Plus tard, Roth ne parla qu'avec réticence de ces années de mortifiante privation. Mais nous le savions : jusqu'à sa vingt et unième année il n'avait jamais porté un costume qui eût été taillé pour lui ; il s'était toujours contenté de récupérer ceux dont les autres ne voulaient plus, il avait bénéficié de repas gratuits, au prix de combien d'humiliations peut-être et de blessures pour sa merveilleuse sensibilité. Nous le savions : il ne parvenait à poursuivre ses études qu'à grand-peine, en courant donner de droite et de gauche des leçons particulières. Dans les séminaires, les professeurs le remarquèrent tout de suite ; on obtint une bourse pour cet étudiant si brillant, dépassant de loin tous les autres, et on lui laissa espérer qu'il serait chargé de cours. Les choses semblaient soudain prendre un tour excellent pour lui. C'est alors que s'abattit le couperet de la guerre de 1914 qui, pour notre génération, a inexorablement scindé le monde en un avant et un après.

La guerre fut à la fois pour Roth un moment décisif et une libération. Un moment décisif, parce qu'elle mettait un terme définitif à la perspective d'une existence bien réglée de professeur de lycée ou d'enseignant à l'université. Une libération en ce qu'elle le rendit autonome, lui qui jusque-là avait perpétuellement dépendu des autres. L'uniforme d'adjudant fut son premier habit taillé à ses mesures. En se trouvant investi d'une responsabilité au front, cet homme d'une modestie, d'une délicatesse et d'une timidité infinies découvrit en lui force et virilité.

Mais il était écrit dans le destin de Joseph Roth que, invariablement, chaque fois qu'il trouverait la sécurité elle serait ébranlée aussitôt. Avec la débâcle, il échoua à Vienne, désemparé, désorienté, démuni. Envolé le rêve de l'université, fini l'excitant épisode de la vie de soldat. Il fallait bâtir une existence à partir de rien. Il faillit devenir rédacteur, mais par bonheur il trouva que les choses allaient trop lentement à Vienne et il partit s'installer à Berlin. Ce fut là qu'il commença à sortir de l'ombre. D'abord les journaux se contentèrent d'imprimer ses articles, puis, ayant découvert en lui l'un des peintres les plus brillants, les plus clairvoyants de la réalité humaine, ils le courtisèrent ; la *Frankfurter Zeitung* l'envoya — une nouvelle chance pour lui — à travers le monde, en Russie, en Italie, en Hongrie, à Paris. À cette époque, notre attention fut pour la première fois attirée par ce nom inconnu, Joseph Roth ; tous nous ressentîmes derrière cette éblouissante technique une humanité, une sympathie constante, pour les êtres, capable non seulement de dépasser les apparences mais aussi de pénétrer au plus profond de l'homme.

Au bout de trois ou quatre ans, notre Joseph Roth avait atteint tout ce que l'on désigne sous le nom de réussite bourgeoise. Il vivait avec une femme jeune dont il était très épris, les journaux l'appréciaient, se l'arrachaient, il était accompagné par une cour toujours grandissante de lecteurs, il gagnait de l'argent, et même beaucoup d'argent. Mais le succès ne parvenait pas à rendre arrogant cet homme merveilleux ; il ne se laissa jamais asservir par l'argent. Il le dépensait à pleines mains, peut-être parce qu'il savait que la richesse ne voulait pas de lui. Il n'acheta pas de maison : il n'avait pas fondé de famille. Errant tel un nomade d'hôtel en hôtel, de ville en ville, avec sa petite valise, une douzaine de crayons bien taillés et trente ou quarante feuilles de papier dans son sempiternel manteau gris — voilà comment il vécut toute sa vie, en bohème, en étudiant ; je ne sais quel savoir profondément ancré en lui interdisait de se fixer, il refusait avec méfiance de fraterniser avec le bonheur de l'aisance bourgeoise.

Et ce savoir s'avéra toujours juste, à chaque fois, même contre l'apparence de la raison. Le premier barrage qu'il avait édifié contre le destin, son mariage tout récent et heureux, s'effondra du jour au lendemain. Sa femme tant aimée, son soutien, fut subitement atteinte d'aliénation mentale et, bien qu'il voulût se le dissimuler, il n'y avait aucune guérison possible, le mal était irrémédiable. Ce fut le premier choc de son existence, choc d'autant plus funeste que le Russe en lui, ce Karamazov habité par la rage de souffrir dont je vous ai parlé, voulut transformer de force la fatalité en culpabilité.

Or l'acharnement avec lequel il se tortura lui permit pour la première fois de mettre son cœur à nu, ce merveilleux cœur de poète. Pour se consoler, pour se guérir lui-même, il chercha à transformer un destin personnel absurde en symbole éternel, perpétuellement renouvelé ; en essayant de comprendre sans relâche pourquoi le sort le châtiait avec une telle rigueur, lui précisément qui n'avait fait de mal à personne, qui dans ses années de privations était resté paisible et humble et n'avait pas tiré vanité de ses brèves années de bonheur, il avait dû se souvenir de cet homme de sa race qui avait pris Dieu à partie en lui posant la même question désespérée : Pourquoi ? Pourquoi moi ? Pourquoi justement moi ?

Vous savez tous à quel symbole, à quel livre de Joseph Roth je pense : *Job* [1], cet ouvrage que l'on désigne pour aller vite sous le nom de roman et qui est pourtant, bien plus qu'un roman et une légende, un poème pur, parfait, à la mesure de notre temps et, si je ne m'abuse, le seul destiné à survivre à tout ce que nous, ses contemporains, avons créé et écrit. Dans tous les pays, dans toutes les langues, la profonde vérité de cette représentation de la douleur s'est imposée et, au milieu des larmes que nous versons pour le disparu, il nous reste une consolation : à travers cette forme parfaite, et donc indestructible, une part de l'être de Joseph Roth est sauvée à jamais.

Une part de l'être de Joseph Roth, disais-je, est dans cette œuvre préservée pour toujours de l'oubli et j'entendais par là l'homme juif en lui, l'homme qui perpétuellement questionne Dieu, celui qui réclame la justice pour notre monde et pour tous les mondes à venir. Désormais, conscient pour la première fois de sa force créatrice, Roth entreprit de présenter également cet autre aspect de lui : l'Autrichien. Et là aussi vous savez bien de quel ouvrage je veux parler : *La Marche de Radetzky*. Le déclin de la vieille culture autrichienne pleine de distinction, rendue impuissante par sa noblesse d'âme, c'est cela qu'il voulut montrer à travers le personnage d'un Autrichien, dernier représentant d'une race en voie d'extinc-

---

1. *Hiob. Der Roman eines einfachen Mannes*. Ce livre a été traduit sous le titre : *Le Poids de la grâce. (N.d.T.)*

tion. C'était un livre d'adieu, mélancolique et prophétique, comme le sont toujours les livres des vrais poètes. Qui voudra, plus tard, lire l'épitaphe la plus juste de la vieille monarchie devra se pencher sur les pages de cet ouvrage et de sa suite, *La Crypte des capucins.*

Avec ces deux livres, ces deux succès mondiaux, Joseph Roth avait enfin révélé, réalisé, sa vraie nature : poète authentique, observateur merveilleusement attentif de cette époque dont il fut le juge compréhensif, clément. Il fut entouré de gloire, d'honneurs ; il ne se laissa pas pervertir. Que de lucidité, et dans le même temps quelle indulgence chez cet homme conscient des défauts de chaque individu, de chaque œuvre d'art tout en les pardonnant, plein de respect pour ses aînés, prêt à aider plus jeune que lui. Ami fidèle, fidèle camarade, faisant preuve de la même bienveillance envers un parfait inconnu, il fut véritablement prodigue de son cœur, de son temps et — pour emprunter le mot de notre ami Ernst Weiss — toujours il fut un « prodigue pauvre ». L'argent lui filait entre les doigts, il donnait à quiconque était démuni ; il n'avait pas oublié sa misère de jadis et il venait en aide à tous ceux qui étaient dans le besoin en souvenir des quelques rares personnes qui lui avaient autrefois porté secours. Dans le moindre de ses actes, de ses propos, de ses écrits, on sentait une bonté irrésistible et inoubliable, cette grandiose tendance russe à se prodiguer sans mesure. Il faut l'avoir connu à cette époque pour pouvoir comprendre pourquoi et à quel point nous avons aimé cet être d'exception.

Puis tout bascula — période effroyable pour chacun de nous, qui toucha de façon d'autant plus excessive les esprits les plus ouverts au monde, confiants en l'avenir, les âmes sensibles, et qui fut donc particulièrement funeste pour un homme aussi délicat, un partisan aussi fanatique de la justice que Joseph Roth. Ses propres livres brûlés, mis au ban, son nom effacé — ce n'est pas tant cet aspect personnel des choses qui l'exaspéra et le bouleversa jusqu'au tréfonds de son être ; ce fut de voir le principe du Mal, la haine, la violence, le mensonge, de voir l'Antéchrist, selon son expression, triompher ici-bas. De cet instant sa vie ne fut plus qu'un désespoir sans fin.

Et c'est ainsi qu'un homme doux, tendre, d'une merveilleuse bienveillance, pour qui l'acceptation du sort, l'assistance, l'amitié fondée sur la bonté représentaient les fonctions vitales les plus élémentaires, se transforma en un personnage amer et batailleur. Une seule tâche importait désormais à ses yeux : engager toute son énergie tant artistique que personnelle dans la lutte contre l'Antéchrist sur terre. Lui qui avait toujours été indépendant, qui n'avait dans son art appartenu à aucun groupe, à aucun clan, chercha, avec toute l'impétuosité, la passion de son cœur chaviré, à s'intégrer à une communauté en lutte. Il la trouva, ou crut la trouver, parmi les catholiques et les légitimistes autrichiens. Dans ses dernières années, notre Joseph Roth devint un catholique croyant, professant sa foi, observant humblement tous les commandements de sa religion ; il se fit le champion de ce petit cercle parfaitement impuissant — les événements l'ont prouvé — des partisans fidèles des Habsbourg, les légitimistes.

Je le sais, beaucoup de ses amis et de ses vieux camarades lui ont tenu rigueur de ce virage réactionnaire, pour reprendre leurs termes, qu'ils considéraient comme une aberration, un désordre de l'esprit. Mais, si je fus moi-même incapable d'approuver un tel virage, plus encore de l'opérer, jamais je n'aurais l'outrecuidance de mettre en doute la sincérité de Joseph Roth ou de voir quelque chose d'incompréhensible dans ce zèle. Car déjà auparavant il avait proclamé son amour pour la vieille Autriche impériale dans sa *Marche de Radetzky*, déjà auparavant il avait exposé dans son *Job* à quel point son besoin de religion, sa volonté de croire en Dieu était l'élément le plus intime de sa vie créatrice. Pas une once de lâcheté, d'arrière-pensée, de calcul dans cette évolution ; simplement la volonté désespérée d'être un soldat au service de la culture européenne, sans se soucier du rang ou du grade. Et je crois qu'il savait au plus profond de lui, bien avant le déclin de la nouvelle Autriche, qu'il servait une cause perdue. Mais cela correspondait justement à sa nature chevaleresque de se placer à l'endroit le plus ingrat, le plus exposé — chevalier sans peur et sans reproche, dévoué corps et âme à cette cause à ses yeux sacrée, la lutte contre l'ennemi universel, et indifférent à son propre sort.

Indifférent à son propre sort, et même plus : aspirant de tout son cœur en secret à une fin prochaine. Il souffrait, lui, notre cher ami disparu, il souffrait de façon si inhumaine, avec une fureur si bestiale, d'assister au triomphe du principe du Mal pour lequel il n'éprouvait que mépris et dégoût que, dès le moment où il se rendit compte de l'impossibilité dans laquelle il était de détruire par ses propres forces le Mal ici-bas, il se mit à se détruire lui-même. Par respect de la vérité nous n'avons pas le droit de garder le silence : Ernst Toller [1] n'est pas le seul à avoir mis fin à ses jours par dégoût de notre époque enragée, injuste et scélérate. Poussé par un désespoir identique, notre ami Joseph Roth s'est lui aussi délibérément annihilé, à cette différence près que, chez lui, cette autodestruction fut encore plus cruelle parce que bien plus lente, parce qu'elle se déroula jour après

1. Auteur allemand de drames de forme expressionniste et de poésies lyriques. Représentant d'idées socialistes avancées (1893-1939). *(N.d.T.)*

jour, heure après heure, petit à petit, comme s'il s'était immolé lui-même par le feu.

La plupart d'entre vous ont déjà compris, je crois, où je veux en venir : l'immensité de son désespoir face à l'inutilité et à l'absurdité de son combat, le trouble intérieur lié au trouble du monde avaient fait, au cours des dernières années, de cet homme merveilleux et vif un buveur impénitent et finalement incurable. Mais n'allez pas vous imaginer en entendant ce mot de buveur un joyeux amateur de beuveries, en train de bavarder allégrement entouré de camarades, s'exhortant et les exhortant à la bonne humeur et à une plus grande joie de vivre. Non, si Joseph Roth buvait, c'était par amertume, par un besoin irrépressible d'oublier ; c'était l'homme russe en lui, l'homme habitué à se condamner lui-même, qui se rendait brutalement esclave de ce poison lent et subtil. Auparavant l'alcool n'avait représenté à ses yeux qu'une impulsion pour son art ; il avait l'habitude, en travaillant, de tremper ses lèvres de temps en temps dans un verre de cognac, mais il s'agissait toujours de petites doses — au début simple procédé d'artiste. Tandis qu'il faut à d'autres, pour créer, une stimulation, parce que leur cerveau ne se montre pas assez rapide, pas assez inventif, il était nécessaire à son esprit d'une clarté hors du commun d'être très délicatement, très légèrement embrumé, un peu comme on tamise la lumière dans une pièce afin de mieux entendre la musique.

Mais, ensuite, lorsque la catastrophe éclata, il éprouva de façon toujours plus impérieuse le besoin de s'abrutir face à l'inéluctable et d'oublier à toute force son dégoût de notre monde brutal. Il dut pour cela absorber de plus en plus de ces alcools dorés et sombres, il lui en fallut de toujours plus forts, de toujours plus amers afin de surpasser l'amertume intérieure. Son alcoolisme était, croyez-moi, le signe de sa haine, de sa colère, de son impuissance, de sa révolte. C'était un alcoolisme mauvais, noir, hostile, qu'il haïssait lui-même, mais auquel il était incapable de s'arracher.

Vous pouvez imaginer à quel point cette folle autodestruction de l'un des artistes les plus purs de notre temps nous ébranla, nous ses amis. Il est déjà terrible de voir dépérir à côté de soi quelqu'un que l'on aime et que l'on respecte, de ne pouvoir s'opposer à un destin omnipotent, d'être impuissant devant les assauts sans cesse plus rapprochés de la mort. Il y a pourtant plus horrible encore : devoir assister à une telle dégradation quand elle n'est pas le fruit de la fatalité, quand elle est entièrement voulue par un être cher, devoir regarder un ami intime en train de se tuer, sans pouvoir le tirer en arrière. Ah ! nous l'avons vu, cet écrivain magnifique, cet homme si bon, se négliger tant intérieurement qu'extérieurement ; le terme fatal s'inscrivait déjà de plus en plus nettement sur ses traits chaque jour davantage décomposés. Rien ne put l'arrêter dans son déclin, dans son naufrage. Mais, si j'évoque ces effroyables ravages qu'il s'infligea à lui-même, ce n'est pas pour lui en faire porter la faute — non, la faute incombe à notre époque seule, cette époque infâme et sans loi qui pousse les plus nobles d'entre nous à un tel désespoir que, par haine de ce monde, ils ne voient d'autre issue que de se détruire.

Ce n'est donc pas, mesdames et messieurs, pour assombrir l'image de Joseph Roth que j'ai mentionné cette faiblesse qui fut la sienne ; mon propos est précisément au contraire que vous ressentiez désormais avec deux fois plus d'intensité ce phénomène merveilleux, je dirais même ce miracle : la permanence indestructible, indissoluble de l'écrivain, de l'artiste — jusqu'au bout, chez cet homme déjà perdu. De même que l'amiante résiste au feu, la substance poétique qui était en lui n'eut pas à souffrir de la combustion morale à laquelle il était soumis. Miracle défiant toute logique, toutes les lois de la médecine, que ce triomphe de l'esprit créateur en lui sur un corps déjà défaillant ! À la seconde même où Roth s'emparait d'un crayon, toute confusion disparaissait ; aussitôt se mettait en place, chez cet être indiscipliné, une discipline de fer que seul s'impose l'artiste au plein sens du terme, et Joseph Roth ne nous a pas laissé une ligne dont la prose ne soit marquée du sceau de la perfection. Lisez ses derniers essais, lisez ou écoutez les pages de son dernier livre, rédigé un mois à peine avant sa mort, et scrutez cette prose avec méfiance, de même qu'on examine une pierre précieuse à la loupe — sa pureté diamantine vous apparaîtra sans défaut, sa clarté intacte. Chaque page, chaque ligne est martelée comme la strophe d'un poème avec un sens du rythme et de la mélodie d'une exceptionnelle précision. Malgré son pauvre corps malade et affaibli, malgré son âme en proie au trouble, il se maintint droit dans son art — dans son art à travers lequel il se sentait responsable non pas envers ce monde qu'il méprisait mais envers la postérité : triomphe sans précédent de la conscience sur la déchéance apparente. Je l'ai souvent rencontré en train d'écrire à sa chère table de café et je le savais : le manuscrit était vendu par avance, il avait besoin d'argent, les éditeurs le pressaient. Mais, sans pitié, juge inexorable et sage entre tous, il déchirait des feuilles entières sous mes yeux et repartait de zéro, uniquement parce qu'un quelconque adjectif ne lui paraissait pas revêtir encore l'importance qui convenait, parce qu'une phrase ne lui semblait pas avoir atteint sa plénitude musicale. Plus fidèle à son génie qu'à lui-même, il s'est de magnifique façon élevé dans son art au-dessus de son propre déclin.

Mesdames et messieurs, il reste tant de choses que j'aurais une si grande envie de vous dire sur cet être exceptionnel dont même nous, ses amis, ne sommes peut-être pas encore capables en cet instant de mesurer parfaitement la valeur permanente. Mais le moment n'est pas aux jugements définitifs et il n'est pas question non plus de s'installer dans son deuil. Non, l'époque n'est pas propice aux sentiments personnels, car nous nous trouvons au beau milieu d'une guerre spirituelle — je dirais même au poste le plus exposé. Vous le savez tous, à la guerre, chaque fois qu'une armée est vaincue, on détache un petit groupe afin de couvrir la retraite et de permettre aux troupes de se réorganiser. Ces quelques bataillons sacrifiés doivent alors résister le plus longtemps possible à toute la pression de la supérieure puissance adverse, ils sont en première ligne et subissent les pertes les plus lourdes. Ils n'ont pas pour tâche de gagner *le combat* — ils sont trop peu nombreux pour cela —, leur tâche se limite à gagner *du temps*, du temps pour les colonnes plus imposantes derrière eux, pour le véritable combat, celui qui aura lieu après. Mes amis, ce poste avancé, cette position sacrifiée, nous est aujourd'hui réservé à nous, les artistes, les écrivains de l'émigration. Même à l'heure qu'il est, nous n'avons pas encore une perception très nette du sens réel de notre mission. Peut-être devons-nous seulement, en tenant ce bastion, cacher aux yeux du monde que la littérature en Allemagne a subi depuis Hitler la défaite la plus lamentable de l'histoire et qu'elle est sur le point de disparaître totalement de l'horizon européen. Mais peut-être — espérons-le de toute notre âme! — n'aurons-nous à tenir ce bastion que jusqu'au moment où derrière nous les forces seront regroupées, où le peuple allemand et

74

sa littérature seront redevenus libres et où ils seront de nouveau à l'œuvre, unis, au service de l'esprit. Cependant, quoi qu'il advienne, nous n'avons pas à nous interroger sur le sens de notre tâche, nous avons maintenant, chacun d'entre nous, une seule chose à faire : rester au poste qui nous est assigné. Nous ne devons pas nous décourager quand nos rangs s'éclaircissent, nous ne devons pas même, lorsque à droite et à gauche les meilleurs de nos camarades tombent, nous abandonner à la mélancolie et au deuil, car — je viens de le dire — nous sommes en pleine guerre, et au poste le plus exposé. Tournons juste notre regard quand l'un des nôtres périt — un regard de reconnaissance, plein de notre affliction, de notre souvenir fidèle —, puis rejoignons l'unique retranchement derrière lequel nous soyons protégés : notre œuvre, notre tâche, aussi bien individuelle que commune, afin de l'accomplir loyalement, vaillamment, jusqu'au terme fatal, comme nous l'ont montré nos deux camarades disparus, notre Ernst Toller, avec sa perpétuelle exubérance, et notre Joseph Roth, à jamais inoubliable.

RAINER MARIA RILKE

Une conférence à Londres

Mesdames, messieurs!

Vous allez au cours de cette journée et tout au long des semaines suivantes entendre un si grand nombre de gens compétents vous parler de l'œuvre de Rainer Maria Rilke, ce poète tant aimé, qu'un préambule m'apparaît chose superflue et ardue. Mais peut-être suis-je malgré tout d'une certaine façon habilité à prendre ici la parole — privilège à la fois inestimable et très douloureux — car je suis dans votre pays l'un des rares, il est possible même que je sois le seul, à avoir connu Rilke à titre personnel, et jamais on ne pourra reconnaître pleinement un créateur si l'on n'évoque pas simultanément l'image de l'homme. Et, comme souvent, dans un livre, on fait précéder le texte imprimé du portrait de l'auteur, j'aimerais — si vous le permettez — tenter d'évoquer en quelques mots la silhouette de celui qui trop tôt disparut.

Le poète à l'état pur est à notre époque une rareté, mais il est peut-être plus rare encore : une existence purement créatrice, une manière parfaite de vivre. Et quand on a eu la chance de voir réalisée chez un homme une telle harmonie exemplaire entre la création et la vie, on a le devoir de témoigner, pour sa génération et éventuellement aussi pour la suivante, de ce miracle. J'ai eu l'occasion, des années durant, de rencontrer à plusieurs reprises Rainer Maria Rilke. Nous avons eu de belles conversations dans les villes les plus diverses, je conserve des lettres de lui et ce cadeau précieux qu'est le manuscrit de son œuvre la plus célèbre : *Le Chant d'amour et de mort du cornette Christophe Rilke*. Pourtant, je n'oserais pas me désigner devant vous comme son ami, car la distance imposée par le respect fut chez moi toujours trop grande et le mot allemand *Freund* exprime une relation plus intense, plus intime que le mot anglais *friend*. Il n'est attribué qu'avec parcimonie parce qu'il présuppose des liens très profonds — des liens que Rilke entretint avec fort peu de gens. Vous pourrez le constater : dans ses lettres il ne l'a employé en trente ans qu'à l'égard de deux ou trois destinataires. C'était là déjà un trait éminemment caractéristique de sa nature. Rilke avait horreur que l'on exprimât, que l'on dévoilât ses sentiments. Il aimait à se cacher, corps et âme, autant que possible, et quand je passe en revue tous ceux que j'ai rencontrés au cours de ma vie, je ne puis me souvenir de personne qui ait réussi à attirer aussi peu l'attention sur soi que Rilke. D'autres poètes se forgent un masque pour se défendre contre la pression de l'extérieur, un masque d'orgueil, de dureté. Certains, pour l'amour de leur travail, se réfugient entièrement dans leur œuvre, s'isolent, deviennent inaccessibles. Chez Rilke, on ne trouvait rien de tout cela. Il fréquentait beaucoup de gens, il voyageait de ville en ville mais il était protégé par sa parfaite discrétion, par une forme indéfinissable de silence, de calme, qui l'enveloppait d'une véritable aura d'intangibilité. Jamais on ne l'aurait remarqué dans un train, dans un restaurant, à un concert. Sa mise était d'une très grande simplicité, mais impeccable et de bon goût; il évitait tout signe susceptible de mettre l'accent sur ses activités poétiques, il interdisait que ses photos soient publiées dans les revues, mû par cette volonté inflexible de rester un simple particulier, un homme parmi d'autres, car il voulait être à même d'observer au lieu d'être observé. Imaginez une soirée à Munich ou à Vienne, avec une ou deux douzaines de gens en train de bavarder. Un homme frêle, à l'air très jeune, entre — et, détail caractéristique, son entrée est passée totalement inaperçue. Soudain il est là, il est arrivé sans le moindre bruit, doucement, à petits pas, peut-être a-t-il serré la main de l'un ou de l'autre et maintenant il est assis, la tête légèrement inclinée afin de ne pas montrer ses yeux, ces yeux merveilleux, clairs et animés qui étaient les seuls à le trahir. Il est assis, silencieux, les mains jointes sur les genoux, et il écoute — et je puis vous assurer que je n'ai jamais connu une façon d'écouter meilleure, plus chargée de sympathie que la sienne. Il était pleinement attentif et, lorsqu'il se mettait ensuite à parler, c'était si bas que l'on percevait à peine la beauté et la tonalité grave de sa voix. À aucun moment il ne s'emportait, jamais il n'essayait de persuader quiconque, de le convaincre, et quand il sentait que trop de gens l'écoutaient, que toute l'attention se concentrait sur lui, il ne tardait pas à se retirer en lui-même. Une véritable conversation, de celles dont on se souvient sa vie durant, n'était possible que lorsqu'on était seul avec lui, et de préférence le soir, au moment où l'obscurité le couvrait un peu, ou bien dans les rues d'une ville étrangère. Mais une telle réserve n'était en aucun cas chez Rilke de l'orgueil, ni en aucun cas de la timidité, et rien ne serait plus faux que de se le représenter comme un névrosé, un déséquilibré. Il était capable de se montrer d'un naturel prodigieux, de parler avec les gens simples le plus simplement du monde, et même de faire preuve d'enjouement. Ne lui étaient insupportables que le bruit, la grossièreté. Un individu bruyant le mettait au supplice. Se montrait-on importun à force d'admiration ? Son visage serein prenait une expression inquiète, apeurée, et c'était un spectacle admirable que de voir comment ses manières douces avaient le pouvoir de rendre réservés les plus entreprenants, silencieux les plus tapageurs, modestes les plus imbus d'eux-mêmes. Là où il était, l'atmosphère se trouvait comme purifiée. Personne, je crois, n'a jamais osé prononcer en sa présence un mot inconvenant ou grossier, ne s'est risqué à colporter des ragots ou à tenir des propos fielleux concernant le milieu littéraire. De même qu'une goutte d'huile en tombant dans une eau agitée crée autour d'elle une zone calme, de même il apportait partout où il allait une certaine pureté. Cette faculté qu'il avait de supprimer les dissonances autour de lui, d'atténuer la brutalité, de transformer la laideur en harmonie était étonnante. Cette marque qu'il imprimait sur les hommes tant qu'ils l'entouraient, il savait l'apposer également très vite à chaque pièce, à chaque appartement où il habitait. Et, étant donné sa pauvreté, il habitait la plupart du temps dans des appartements misérables. C'était presque toujours des chambres louées, parfois une, parfois deux, meublées de façon banale, insignifiante. Cependant, tel Fra Angelico qui parvint à métamorphoser une cellule d'une sobriété extrême en une chose belle, il savait marquer sans tarder son environnement de sa personnalité. Il s'agissait toujours de menus détails, car il n'aimait pas, il ne recherchait pas le luxe — une fleur dans un vase sur son bureau, des reproductions au mur achetées pour quelques schillings. Mais il s'y entendait

pour arranger tout cela avec un tel soin méti-
culeux qu'un ordre complet régnait aussitôt dans
la pièce. Il neutralisait l'inconnu par cette harmonie intérieure. Tout ce qu'il avait autour de lui ne
devait pas nécessairement être beau, précieux. Il
fallait que ce fût, dans sa forme, achevé : lui,
l'artiste de la forme, ne supportait pas dans la vie
ce qui est informe : le chaos, le hasard, le
désordre. Lorsqu'il écrivait une lettre, de sa belle
écriture droite et pleine, il ne s'autorisait aucune
rature, aucune tache d'encre. Il déchirait impitoyablement toutes celles sur lesquelles sa plume
avait glissé et les recommençait entièrement.
Lorsqu'il vous rendait un livre que vous lui aviez
prêté, celui-ci était enveloppé presque tendrement
dans du papier de soie, ceint d'un mince ruban de
couleur et assorti d'une fleur ou d'un petit mot à
votre intention. Lors de ses voyages, sa valise était
un chef-d'œuvre de rangement et il savait ainsi
marquer de son sceau la moindre petite chose de
façon discrète, sans que cela se voie. Créer autour
de lui un certain équilibre était pour lui un besoin,
il lui fallait être comme environné d'une couche
d'air, ainsi que le sont en Inde les saints d'une part
et d'autre part les individus de la caste inférieure,
les intouchables, dont personne n'ose effleurer la
manche. Ce n'était qu'une couche très fine, on
pouvait sentir par-derrière la chaleur de sa nature,
et pourtant elle était impénétrable et préservait sa
personnalité, sa pureté, de même que l'écorce pro-
tège le fruit. Et elle préservait ce qui lui importait
le plus : la liberté. Nul poète, nul artiste de notre
époque, si riche, si couronné de succès fût-il,
n'était aussi libre que Rilke, qui ne se créait
aucune attache. Il n'avait pas d'habitudes, pas
d'adresse ; en fait il n'avait pas non plus de patrie.
Il vivait avec autant de plaisir en Italie qu'en
France ou en Autriche et on ne savait jamais où il
était. On le rencontrait presque toujours par

hasard; soudain, devant l'échoppe d'un bouqui-
niste parisien, ou dans un salon à Vienne, il venait
au-devant de vous avec son sourire amical et sa
poignée de main souple. Tout aussi soudainement
il avait à nouveau disparu, et le vénérer, l'aimer,
c'était ne pas lui demander où on pourrait le trouver, ne pas le chercher, c'était attendre qu'il vienne
à vous. Mais quelle chance, quel enrichissement
moral pour nous qui étions ses cadets, chaque fois
que nous l'avions vu, que nous lui avions parlé.
Essayez en effet de vous représenter la puissance
éducative que pouvait revêtir pour nous, la jeune
génération, le spectacle d'un grand poète irréprochable sur le plan humain, qui ne jouait pas à
l'homme d'affaires affairé, se préoccupait uniquement de son œuvre et non de l'effet qu'elle produi-
sait, ne lisait jamais les critiques et ne tolérait pas
qu'on le regarde bouche bée ni qu'on l'interviewe,
qui sut toujours témoigner de la sympathie et
conserver jusqu'à sa dernière heure une prodigieuse curiosité pour toute forme de nouveauté. Je
l'ai entendu lire pendant une soirée entière devant
un cercle d'amis les vers d'un jeune poète au lieu
de ses propres poèmes, j'ai vu des pages entières
qu'il avait recopiées dans des œuvres d'autres
auteurs, de sa merveilleuse écriture de calli-
graphe, pour les offrir. Et il y avait un aspect touchant dans l'humilité avec laquelle il se subordonnait à un poète comme Paul Valéry, dans sa façon
de le servir par la traduction et de parler, à cinquante ans, de son aîné de cinq ans comme d'un
maître inaccessible. Admirer, là était son bonheur,
et il en eut grand besoin les dernières années de sa
vie, car vous me permettrez de ne pas vous décrire
les souffrances endurées par cet homme pendant
la guerre, puis après la guerre, en cette époque où
le monde était altéré de sang, laid, brutal, barbare,
où le silence qu'il voulait créer autour de lui était
devenu chose impossible. Jamais je n'oublierai le

bouleversement qui s'était opéré en lui lorsque je le vis en uniforme. Il lui fallut surmonter des années et des années de paralysie intérieure avant d'être à même d'écrire à nouveau un vers. Mais cela donna lieu alors à ce chef-d'œuvre que sont les *Élégies de Duino*.

Mesdames, messieurs, j'ai essayé en quelques mots d'évoquer l'art de mener une existence parfaite tel que l'illustra Rilke, ce poète qui ne se montra jamais en public, n'éleva jamais la voix en présence des autres et dont on a à peine perçu le souffle. Pourtant, lorsqu'il s'en est allé, nul n'a autant fait défaut à notre époque que cet homme qui fut la discrétion incarnée et maintenant seulement l'Allemagne, le monde prennent conscience de ce qui s'est perdu avec lui à jamais. Parfois un peuple a l'impression à la mort d'un poète que la poésie elle-même meurt avec lui. Peut-être l'Angleterre a-t-elle vécu une situation analogue quand, en l'espace d'une décennie, elle vit disparaître Byron, Shelley et Keats. Dans de tels instants tragiques le dernier devient pour ainsi dire aux yeux de sa génération le symbole du poète en général et l'on tremble à l'idée que l'on n'en connaîtra peut-être plus d'autre. Lorsque aujourd'hui en Allemagne nous parlons de poètes, nous continuons à penser à lui et, tandis que nous cherchons encore du regard sa silhouette bien-aimée dans tous les endroits où nous l'avions rencontrée, il a déjà abordé les rives de l'intemporalité et sa statue de marbre a trouvé place dans le bois sacré de l'immortalité.

ARTHUR SCHNITZLER

Pour son soixantième anniversaire

Moi qui ai grandi dans sa ville, dans son univers, j'ai aimé de loin, dès l'éveil de ma conscience, le poète, et j'aime encore plus Arthur Schnitzler depuis qu'il m'a été donné de voir en diverses occasions qu'il avait conservé intactes sa merveilleuse humanité, sa chaleur, sa bonté. Me contenter de faire son éloge en cette journée d'anniversaire me serait facile. Mais grande est mon envie d'aller au-delà : je veux parler d'Arthur Schnitzler avec cette sincérité que nous avons apprise auprès de lui pour *tout* ce qui concerne les choses humaines et, avec cette même sincérité, dire sans détour que ma foi en son œuvre dépasse celle de l'époque actuelle (si bruyantes qu'en soient les manifestations).

Voici en effet, en toute franchise, ce que je ressens au plus profond de moi : l'œuvre d'Arthur Schnitzler traverse en ce moment, en cette année même où il fête son soixantième anniversaire, une crise grave, sans doute la plus grave, quant à son influence sur les hommes et à son audience. Cette partie essentielle de son théâtre, de ses nouvelles qui est description des mœurs ne représente plus rien aujourd'hui, oui, précisément aujourd'hui, pour la jeune génération qu'elle laisse indifférente : à l'heure actuelle, ils ne comprendront peut-être absolument pas, ces jeunes gens, ce qui rendait ces ouvrages si importants et si fascinants à nos yeux et, d'un autre côté, je parviens à déceler pourquoi la génération montante (et elle seule) est déconcertée face à des productions dont elle ne peut, sans aucun doute, ignorer l'attrait pour l'esprit ni les intentions poétiques. Un lien a été brisé, ils en sont conscients, et nous en connaissons nous-mêmes la cause : l'époque, la guerre, cette métamorphose inouïe du monde au cours de laquelle l'Autriche fut, plus que tout, ébranlée. Stifter avait vécu une situation analogue, vers 1866, en Autriche, de même que Jean Paul, vers 1870, en Allemagne : d'un seul coup on avait vu arriver une jeunesse, libérale là-bas, affairée ici, qui, à l'issue d'une guerre, ne se retrouvait plus, ne retrouvait plus ses préoccupations dans des formes aussi délicates, d'une pureté cristalline, aussi éthérées. Il fallut attendre un nouveau tournant de l'Histoire, un retour en arrière, pour que nous redécouvrions ces écrivains, que nous puissions les aborder. En ce qui les concernait, on s'était détourné d'eux progressivement ; l'univers d'Arthur Schnitzler en revanche a été broyé en l'espace de cinq ans par un cyclone d'une violence sans précédent. Ici, un écrivain est confronté à cette situation inédite : tout son univers, d'où il tirait son inspiration, toute sa culture paraissent anéantis pour longtemps, voire à jamais. Les types inoubliables créés par lui, dont hier encore, lors de son cinquantenaire, on pouvait apercevoir quasiment la réplique chaque jour dans la rue, dans les théâtres, dans les salons de Vienne, ont soudain disparu, ils se sont métamorphosés. La grisette se prostitue, les Anatoles boursicotent, les aristocrates ont fui, les officiers sont désormais commis ou représentants ; de légère qu'elle était la conversation est devenue grossière, l'érotisme s'est fait plébéien, la ville elle-même s'est prolétarisée. Par ailleurs bien des problèmes qu'il n'a cessé de traiter d'une manière si vivante et avec une telle intelligence se sont chargés d'une autre intensité, en premier lieu la question juive et les problèmes sociaux. Conflit sans pareil : à travers son œuvre, celui qui peignit mieux que nul autre Vienne et l'esprit autrichien a tendu un miroir à l'Autriche. Or voilà que la vieille Autriche meurt du jour au lendemain, et comment le nouveau pays qui se chercherait rapidement dans cette image fidèle pourrait-il s'y reconnaître ? Ce n'est pas lui qui a trahi son univers, c'est la réalité qui a renié le poète.

Aucun artiste n'est à l'abri d'une telle crise. Certains la traversent à leurs débuts lorsqu'ils ont percé à jour leur époque alors que celle-ci ne se comprend pas encore elle-même, d'autres lorsque leur univers se met à vieillir petit à petit. Mais Schnitzler eut ce destin unique en son genre : son monde lui a été arraché des mains et, nous le savons, de façon irrémédiable, avant qu'il ne se flétrisse, qu'il ne s'épuise. Et il aurait vraiment disparu, disparu à jamais si quelqu'un — lui justement, Arthur Schnitzler — ne l'avait pas fixé, ne nous l'avait pas préservé, s'il n'avait reflété l'esprit, les sentiments de ce monde perdu, emporté dans un tourbillon, s'il ne lui avait donné une existence durable dans ses œuvres à travers des figures et des types, le faisant entrer dans l'éternité de l'art. Ce n'est qu'en apparence qu'un artiste existe à travers son époque, un poète à travers sa sphère temporelle : en réalité celle-ci n'existe qu'à travers lui. Ce n'est pas l'époque qui dure tandis que l'œuvre se flétrit : la première vieillit, alors que la seconde se renouvelle par le biais de la culture, du costume — présent d'un éternel passé. L'ère de François-

Joseph étant une expression qui couvre une période trop vaste, un jour, seul Arthur Schnitzler permettra de connaître véritablement tout ce que fut Vienne au tournant du siècle, ce que fut l'Autriche jusqu'à son effondrement, et de désigner vraiment ces années. Les débuts de notre culture autrichienne n'ont pas été représentés par les poètes : Haydn, Schubert, Waldmüller, eux et personne d'autre témoignent du commencement du siècle. Plus tard seulement viendront Grillparzer, Stifter, Raimund, qui marqueront de leur empreinte, interpréteront cette ville, cette monarchie. Après eux le silence se serait fait, ou la musique aurait repris toute la place — mais il se dresse là, à la fin du siècle, lui, l'esprit même de cette ville, fidèle à ses traditions ; et il forge, à travers des jeux futiles et graves à la fois, des personnages inconsistants et pourtant éternels, l'essence de cette curieuse civilisation. Encore quelques années, une dizaine, peut-être, et le temps aura déposé une légère patine sur ses tableaux, sur ses personnages. Ce qui aujourd'hui encore semble être le présent d'hier ne sera plus considéré que comme le passé pur et simple, et entrera sous sa forme achevée dans le domaine classique, accédant à l'éternité poétique ; et une jeune génération, la deuxième ou la troisième, aura à son tour la joie d'approuver, de partager notre amour, notre vénération pour cet artiste si grave sous une façade frivole et si profond en dépit de tout son charme. Puisse-t-il la rencontrer alors qu'il jouira encore de toute sa force créatrice !

E.T.A. HOFFMANN [1]

Il faut beaucoup d'imagination pour se représenter toute la platitude de l'existence à laquelle E. T. A. Hoffmann fut condamné jusqu'à la fin de ses jours. Une jeunesse dans une petite ville prussienne où les heures s'écoulent comme tracées au compas. À la seconde près, il doit étudier le latin ou les mathématiques, aller en promenade ou faire de la musique — sa musique tant aimée. Plus tard ce sera le bureau, et, par-dessus le marché, un bureau de fonctionnaire prussien quelque part à la frontière polonaise. Ensuite, par désespoir, une épouse ennuyeuse, bête comme une oie, qui parvient à rendre son existence encore plus insipide. Et des dossiers, toujours des dossiers, noircir des papiers officiels, jusqu'à son dernier souffle. Une seule petite pause : deux ou trois années à la direction d'un théâtre, la possibilité de vivre dans la musique, d'approcher des femmes, d'éprouver une ivresse céleste par le son et la parole. Mais cela ne dure que deux ans, la campagne de Napoléon détruit son théâtre. Et, de nouveau, le bureau, les horaires précis, la paperasse et l'horreur du prosaïsme.

1. Préface à l'édition française de *La Princesse Brambilla*, Paris, Attinger, 1929.

Comment s'échapper de ce monde où tout est tiré au cordeau ? Parfois le vin s'avère efficace. Il faut boire beaucoup, dans des caves basses de plafond qui sentent le moisi, pour s'enivrer, et il faut que des amis soient présents, des tempéraments bouillonnants comme Devrient, l'acteur, dont la parole vous enflamme, ou d'autres, des gens simples, taciturnes, apathiques qui vous écoutent lorsque vous vous épanchez. Ou on fait de la musique, on s'assied dans la pièce obscure et on laisse la mélodie se déchaîner tel un orage. Ou bien on donne libre cours à sa colère en dessinant des caricatures incisives, cinglantes, au verso des formulaires officiels, on invente des créatures étrangères à ce monde, ce monde d'articles de loi, sans passion, réglé avec méthode et peuplé d'assesseurs, de lieutenants, de juges et de conseillers privés. Ou encore on écrit. On écrit des livres, on rêve en écrivant. On offre en rêve à sa propre vie étriquée et gâchée des possibilités fantastiques : on voyage en Italie, on s'enflamme pour de jolies femmes, on connaît des aventures sans fin. Ou alors on dépeint les visions atroces succédant aux nuits de beuverie, dans lesquelles fantômes et figures grotesques surgissent d'un cerveau enténébré. On écrit pour s'évader du monde, de cette existence banale et vile, on écrit pour gagner de l'argent, qui se transforme en vin, et avec le vin on achète à nouveau la légèreté et des songes plus colorés, plus souriants. C'est ainsi qu'on écrit et qu'on devient poète sans le vouloir, sans le savoir, sans ambition, sans véritable plaisir, simplement poussé par la volonté de laisser enfin une fois vivre sa vie à cet autre homme que l'on a en soi, cet être magique, à la fantaisie innée — et non pas toujours au fonctionnaire.

Étranger à cette terre, formé de fumée et de songes, constitué de créatures fantasmagoriques, tel est l'univers de E.T.A. Hoffmann. Parfois cet univers n'est que douceur, suavité, et ses contes sont des rêves purs, parfaits, mais parfois, en plein rêve, il se souvient de lui-même et de sa vie toute de guingois. Alors il devient méchant et mordant, sous sa plume les gens, déformés, se changent en caricatures et en monstres. Sarcastique, il cloue les portraits de ses supérieurs qui le torturent, le tyrannisent, aux murs de sa haine — fantômes de la réalité au centre d'un tourbillon de spectres. La princesse Brambilla est également une de ces créatures, à demi réelle à demi imaginaire, alerte et acerbe en même temps, féerique et vraie, et tout entière emplie de cette joie étrange que procuraient à Hoffmann les fioritures. Comme il le fait pour chacun de ses dessins, comme il le fait pour sa propre signature, il attache à chaque personnage une sorte de petite queue, une sorte de petite traîne, une quelconque enjolivure qui les rend étonnants, curieux pour un esprit non prévenu. Edgar Allan Poe a par la suite repris le côté fantomatique propre à Hoffmann, de nombreux Français se sont inspirés de son romantisme, mais une chose est restée pour toujours la propriété sans partage de E.T.A. Hoffmann : ce plaisir singulier de la dissonance, des demi-tons aigus, perçants, et qui lit des livres comme on écoute de la musique se souviendra à jamais de ces sonorités si particulières. Elles sont empreintes d'un je-ne-sais-quoi de douloureux, la voix chavire et se charge d'accents de dérision, de souffrance et, même dans les récits qui ne se veulent qu'enjoués ou qui, avec exubérance, relatent des inventions bizarres, perce soudain ce son strident et inoubliable d'un instrument brisé. Un instrument brisé, un merveilleux instrument doté d'une légère fêlure, c'est bien ce que fut en effet constamment E.T.A. Hoffmann. Alors qu'il était né pour déborder d'une gaieté dionysiaque, pour pétiller d'une intelligence grisante, pour être un artiste hors du commun, prématurément son cœur avait été broyé sous la pression du quotidien. Jamais, pas une seule fois, il ne put s'épancher librement, en y consacrant des années, dans une œuvre éclatante, étincelante de jubilation. Il dut se contenter de rêves courts, mais inoubliables par leur singularité, de ceux qui à leur tour engendrent d'autres rêves, parce qu'ils sont teintés du rouge du sang, du jaune de la bile et du noir de l'épouvante. Un siècle après, ils sont encore vivants dans toutes les langues, et les fantômes issus des brumes de l'ivresse ou des nuages rouges de l'imagination, ces personnages métamorphosés qu'il a affrontés, par la grâce de son art cheminent encore aujourd'hui à travers notre univers spirituel. Qui supporte l'épreuve cent ans la supportera toujours, et ainsi E.T.A. Hoffmann — ce dont ne s'est jamais douté le pauvre hère crucifié à la croix du prosaïsme terrestre — appartient à la confrérie éternelle des poètes et des rêveurs qui prennent leur plus belle revanche sur une vie cruelle à leur égard en la décrivant de façon exemplaire sous des formes plus diverses, plus colorées, que celles auxquelles parvient la réalité.

LAFCADIO HEARN

Pour tous les hommes qui n'ont pas eu la possibilité de connaître par eux-mêmes le Japon, qui se contentent toujours de reproductions dont ils se saisissent avec une curiosité muette et pleine de désir, et tiennent avec ravissement entre leurs mains les précieux et gracieux objets de l'art japonais afin d'échafauder à partir de données aussi ténues un rêve coloré de ce pays lointain — pour tous ces hommes-là Lafcadio Hearn est un auxiliaire incomparable et un ami. Ce qu'il nous a rapporté du Japon n'est sans doute pas la masse des faits tels qu'ils paraissent dans l'enchaînement rigide des données statistiques, mais c'est l'éclat flottant autour d'eux, la beauté frémissant, au-delà de la banalité du quotidien, immatérielle, tel le parfum au-dessus de la fleur qui, s'il fait partie intégrante d'elle, déjà libéré de sa prison se répand pourtant à l'infini. Sans lui nous n'aurions peut-être jamais rien su de ces petits impondérables, parfaitement fugaces, dans les traditions locales, à présent si précieux pour nous. Les temps nouveaux les auraient laissés filer entre les doigts comme de l'eau s'il ne les avait délicatement recueillis et préservés pour la postérité dans un cadre de cristal étincelant de mille feux. Il fut à la fois le premier et le dernier à retenir pour nous et pour le Japon d'aujourd'hui — qui continue à se métamorphoser à une vitesse inquiétante — un rêve du vieux Nippon que les générations futures aimeront autant que nous, les Allemands, nous aimons la *Germania* de Tacite. Un jour, quand là-bas « on ne comprendra plus le sourire des dieux », cette beauté sera encore vivante et elle s'imposera aux hommes qui viendront plus tard, sous la forme d'un souvenir, d'un regret d'une enfance heureuse bien trop tôt perdue.

Lorsqu'on feuillette ces ouvrages si riches, où la nouvelle côtoie les considérations philosophiques, tendant elles-mêmes la main à la modeste esquisse, où la religion, la légende, la poésie et la nature se confondent dans ce merveilleux désordre propre seulement au monde réel, et lorsque, détachant son regard d'une telle variété, on contemple la vie de Lafcadio Hearn, la tentation est grande de croire qu'une vocation mystique poussa cet homme à accomplir son œuvre. Comme si la nature avait choisi de façon préméditée cet être d'exception pour fixer sur le papier cette œuvre d'exception : la splendeur sans pareille du Japon saisie à l'instant décisif juste avant qu'elle ne se fane — cette curieuse existence tend, marche par marche, du commencement jusqu'au suprême accomplissement, vers son but. Car on avait besoin ici d'un médium d'un genre particulier, d'un intermédiaire exceptionnel entre Europe et Orient, chrétiens et bouddhistes : un homme double capable, d'une part, de porter un regard extérieur plein d'étonnement et de respect sur cette beauté étrange et, d'autre part, après l'avoir intériorisée au terme d'une expérience person-nelle, de la présenter comme allant de soi et de nous la faire comprendre. Il fallait que pour cela la nature élabore un individu d'une espèce singu-lière. Un Européen, un voyageur de passage aurait trouvé le pays et ses habitants peu ouverts, un

Japonais de son côté aurait émis le même jugement sur notre faculté de compréhension, car la
spiritualité de l'Extrême-Orient et la nôtre
s'élèvent dans des sphères complètement diffé-
rentes, sans se rencontrer. Il fallait que soit créé
quelque chose d'entièrement hors du commun, un
instrument d'une précision infinie, apte à déceler
la moindre des vibrations de l'âme, à la transmettre selon une transcription secrète, et, bien
plus : cet homme providentiel devait apparaître
juste au moment où le Japon était mûr pour lui et
lui pour le Japon, afin que cette œuvre puisse être
conçue, que voient le jour ces livres consacrés à la
beauté moribonde du Japon, immortalisée en partie grâce à lui seul.

Voilà pourquoi la vie de Lafcadio Hearn, cette
ruse de la nature en vue de fins sublimes, mérite
d'être racontée.

Il naît en 1850 — à peu près à l'époque où pour
la première fois les Européens ont l'autorisation
de pénétrer dans le pays fermé — à l'autre extrémité de la terre, sur l'île ionienne de Leucade. Ses
premiers regards rencontrent un ciel d'azur, une
mer d'azur. Il conservera à jamais en lui un reflet
de cette lumière bleue que toute la suie, toute la
fumée de ses années de labeur ne parviendront
pas à assombrir. Ainsi son amour pour le Japon
existait déjà secrètement sous la forme d'une nostalgie. Son père était un médecin militaire irlan-
dais dans l'armée anglaise, sa mère une Grecque
de très bonne famille. Deux races, deux nations,
deux religions marquèrent l'enfant de leur
empreinte et, très tôt, elles ancrèrent en lui ce cosmopolitisme qui devait lui permettre de substituer
un jour une terre d'élection à son pays d'origine.
L'Europe, l'Amérique ne lui souriront pas. Quand
il a six ans, ses parents l'amènent en Angleterre,
où le malheur le guette avec impatience et lui res-

tera fidèle de longues années durant. Sa mère, transie dans cet univers froid et gris si différent de la blancheur de sa Grèce natale, prend la fuite; le petit Lafcadio reste seul et est placé dans un *college*. Là, un deuxième malheur s'abat sur lui : il perd un œil en jouant avec des camarades, et pour rendre comble la mesure de ses souffrances précoces, la famille s'appauvrit et Hearn est lancé impitoyablement dans le vaste monde, bien avant d'avoir pu achever ses études.

À dix-neuf ans, ce jeune être inexpérimenté, qui n'a rien appris vraiment, qui n'est en fait encore qu'un enfant malingre, et borgne par-dessus le marché, se trouve sans famille ni amis, sans profession, sans aptitude visible dans les rues inhumaines de New York. Des ténèbres impénétrables recouvrent cette période, la plus amère de sa vie. Qu'a bien pu faire là-bas Lafcadio Hearn ? Journalier, marchand, vendeur, domestique — peut-être aussi mendiant. Quoi qu'il en soit, il appartint longtemps à cette catégorie d'individus tout en bas de l'échelle qui, jour et nuit, noircissent les rues d'Amérique et extraient leur pain quotidien de ce que le hasard leur laisse. Nul doute n'est permis : ce dut être un terrible martyre car même les années joyeuses passées dans sa maison de bambou à Kyoto ne parvinrent jamais à susciter chez lui la moindre allusion à ces humiliations extrêmes. Il a livré un seul épisode qui projette une lumière crue sur cette zone obscure : son voyage dans un train d'émigrants. Il n'a rien mangé de trois jours, il est assis dans le wagon cliquetant, les yeux perdus dans une ombre bleutée annonciatrice de la syncope. Soudain, sans qu'il ait rien demandé, une paysanne norvégienne lui tend un morceau de pain qu'il engloutit avec voracité. Trente ans plus tard, il s'est souvenu qu'alors, suffoquant sous l'effet de la faim, il avait oublié de la remercier. Une échappée de lumière. Puis à nouveau des années sombres quelque part dans le demi-jour de l'existence. On le voit resurgir à Cincinnati comme correcteur dans un journal, lui qui est à moitié aveugle. Mais à présent sa destinée va prendre son envol. On emploie Hearn à des reportages, il s'y montre d'une habileté surprenante et son talent d'écrivain finit enfin par percer. Au cours de toutes ces années noires, en plus d'un travail difficile, il a à l'évidence cherché avec acharnement à acquérir par lui-même une culture, car maintenant il écrit quelques livres qui trahissent une connaissance des langues de l'Orient et une intelligence subtile de la philosophie de ces pays. Ce qu'a dû souffrir cet homme tranquille et doux au pays de *l'aggressive selfishness* est au-delà de toute expression. Or cette grande souffrance était indispensable à son œuvre, elle était partie intégrante de son destin, aussi nécessaire que sa nostalgie mystique de l'île noyée dans le bleu. Il fallait qu'il commence par apprendre à douter et qu'il désespère de la culture dont il avait hérité avant d'être capable de comprendre la nouvelle : toutes les peines endurées sur le sol de l'Europe devaient servir d'humus à son grand amour à venir. Cela, il l'ignorait encore alors, il ne ressentait que l'inutilité, la tristesse, l'absurdité de sa vie dans ce pays malade de la fièvre, il avait continuellement l'impression d'être un corps étranger dans cette race trépidante. « Je ne serai jamais un Goth, un Germain », soupire-t-il, et il se réfugie sous les Tropiques dans les Antilles françaises, heureux d'y rencontrer une forme d'existence déjà plus paisible. On aurait presque pu croire que sa vie allait s'ancrer ici, que l'élu allait échapper sur un coup de tête à l'appel. Mais dans le livre de son destin de plus grandes choses étaient inscrites. Au printemps 1890, un éditeur lui propose de se rendre au Japon afin de tracer pour son journal, en collaboration avec un dessinateur, des esquisses tirées de la vie du peuple. Les horizons lointains attirent Lafcadio Hearn ; il accepte, et quitte pour toujours le monde où il connut le malheur.

C'est à quarante ans qu'il arrive au Japon, pauvre, fatigué, apatride, précipité depuis deux décennies, sans but dans l'existence, d'une extrémité de la terre à l'autre — créature à demi aveugle, solitaire, sans femme ni enfant, parfaitement anonyme. Et, tel Ulysse porté la nuit sur le rivage de l'île tant désirée, il ne se doute pas — il n'ose même pas l'espérer — qu'il est déjà dans son pays. Il ne le savait pas : désormais les coups de marteau du destin allaient cesser et, en ce mois de mai 1890, sa vie était sur le point de s'accomplir. Il avait trouvé le pays du soleil levant, au sens le plus vrai du terme, et le grain stérile ballotté au gré du vent était enfin à l'abri dans la terre au sein de laquelle il pourrait éclore et s'épanouir.

« C'est comme si on quittait une pression atmosphérique insupportable pour un air pur et serein. » Ce fut là son impression initiale. Pour la première fois, il ne sentait pas la vie peser sur lui de tout son poids ni le temps osciller autour de son front comme en Amérique, telle une roue devenue folle. Il vit des gens se réjouir paisiblement de choses innocentes, des gens qui aimaient les animaux, les enfants et les fleurs, il vit leur patience pleine de noblesse et de piété et reprit foi en la vie. Il décida de rester, d'abord pour un mois ou deux — et il resta jusqu'à la fin de ses jours. Pour la première fois il put se reposer, pour la première fois, avant même qu'il lui soit donné de le connaître lui-même, il eut un aperçu du bonheur. Et, surtout, enfin il voyait, pour la première fois de son existence il pouvait regarder, regarder sans se presser, saisir les objets en les contemplant avec amour au lieu de passer en courant devant l'aspect extérieur des choses, comme là-bas en

Amérique lors des reportages. Les premiers mots que Lafcadio Hearn écrivit sur le Japon traduisent sa stupéfaction, la stupéfaction d'un enfant de la grande ville qui, l'incrédulité dans les yeux, découvre cette merveille qu'est une prairie de montagne vraiment en fleurs — un doux étonnement empreint de félicité, encore légèrement assourdi par la peur secrète de ne pas réussir à retenir, à saisir et à comprendre tout cela.

Or, ce qui par la suite rendra ses livres si exceptionnels et si curieux, c'est que — fait déconcertant — ils ne sont plus l'œuvre d'un Européen. Pas davantage qu'ils ne sont, à vrai dire, celle d'un Japonais authentique, car dans ce cas nous ne pourrions pas les comprendre ni entretenir des relations si fraternelles avec eux. Ils occupent une place entièrement à part dans le domaine artistique — miracle de la transplantation, de la greffe artificielle; ce sont les œuvres d'un Occidental, mais rédigées par un homme de l'Extrême-Orient. C'est tout Lafcadio Hearn, ce croisement à nul autre pareil, ce cas unique dans la psychologie des peuples. Par l'effet de ce mystérieux mimétisme entre l'artiste et son objet, les livres de Lafcadio Hearn ne donnent plus du tout l'impression d'être écrits avec une plume; ils semblent bien plutôt dessinés avec tendresse dans une perspective rapprochée au moyen du fin pinceau à lavis des Japonais, dans des couleurs délicates, telle la laque qui recouvre leurs ravissantes petites boîtes, spécimens particulièrement exquis de cet art décoratif, de ce bric-à-brac qu'il a lui-même décrit une fois avec tant d'amour. On ne peut s'empêcher de penser aux gravures sur bois coloriées, joyaux de l'art japonais, paysages fourmillant de détails d'une finesse extrême, quand on lit ces petites nouvelles cachées modestement parmi les essais ou ces conversations entamées au coin d'une rue, tout à fait incidemment, puis s'élevant en douceur jusqu'aux considérations les plus pénétrantes sur l'univers, aux consolations de la mort et aux mystères de la transmigration. Jamais peut-être l'essence de l'art japonais ne sera plus claire pour nous qu'à travers ces livres, et ce non pas tant grâce aux faits qu'ils nous rapportent, mais justement par leur façon unique de les présenter.

Tel était le but obscur, que le destin avait réservé à Lafcadio Hearn et pour lequel il l'avait éduqué. Il devait, dans la forme propre à ce pays, parler de ce Japon inconnu, de toutes ces petites choses jusque-là demeurées dans l'ombre, si fragiles que d'autres mains les auraient brisées, tellement éphémères que le temps, pareil à un ouragan, les aurait balayées s'il n'était venu au moment opportun, de toutes ces légendes mélancoliques du peuple, des touchantes superstitions, des coutumes patriarcales quelque peu puériles. Capter ce parfum, cueillir l'éclat de la fleur en train de se faner, c'est pour cela que le sort l'avait choisi.

Certes, à côté de celui de Lafcadio Hearn un autre Japon était à cette époque déjà en pleine ascension : le Japon occupé à préparer la guerre, producteur de dynamite et constructeur de torpilles, un pays vorace, trop pressé de devenir européen. Mais Lafcadio Hearn n'avait aucun besoin de parler de ce Japon-là, qui savait de lui-même attirer l'attention sur lui par la voix des canons. Il avait pour tâche de nous entretenir de ces choses légères dont le souffle délicat comme celui d'une fleur ne nous aurait jamais atteints, plus importantes peut-être pour l'histoire universelle que Moukden et Port-Arthur.

Il mena pendant dix ans une existence paisible là-bas, à Kyoto, enseignant dans les écoles et à l'université la langue anglaise; il croyait encore porter sur ce monde nouveau le regard d'un étranger, persuadé qu'il était toujours Lafcadio Hearn, et ne s'apercevait pas du changement qui s'opérait peu à peu chez lui de l'extérieur vers l'intérieur ; il ne remarquait pas que son européanisme de plus en plus lâche cédait pour se fondre dans cette terre qui n'était pas la sienne et devenait sa nouvelle patrie. Il se mit en quelque sorte à ressembler aux perles de culture qu'ils produisent là-bas en introduisant de petits corps étrangers dans le coquillage vivant. L'huître enveloppe de nacre l'intrus jusqu'à ce qu'il soit invisible au sein de la perle qui vient de voir le jour. C'est de cette façon que le corps étranger qu'était Lafcadio Hearn finit englouti par sa nouvelle patrie, il fut enveloppé dans le cocon de la culture japonaise et perdit jusqu'à son nom. Lorsque Hearn prit pour épouse une Japonaise d'une noble lignée de samouraïs, il dut, pour marquer son mariage du sceau de la légalité, se faire adopter et il reçut alors le nom de Koizumi Yakumo, qui aujourd'hui encore orne sa pierre tombale. Il envoya au diable son ancien nom, comme s'il voulait de la sorte lancer loin derrière lui toute l'amertume de ses années passées. En Amérique, on commençait maintenant à s'intéresser à lui, mais la gloire ne le fit pas revenir — celle-ci n'était que vain tapage. Et Lafcadio Hearn remplissait son cœur de calme, il n'aimait plus que la vie douce, silencieuse qu'il menait ici, qui lui était chère à double titre depuis qu'une femme gracieuse et deux enfants papillonnaient aimablement autour de lui. Il adopta de plus en plus les coutumes du pays. Il mangeait son riz avec des baguettes, portait le costume japonais ; le paganisme, ce mystérieux héritage de ses origines grecques qui avait toujours sommeillé en lui sous des apparences chrétiennes, revêtit la forme d'un bouddhisme singulier. Il n'était pas venu comme l'avaient fait les autres, ces flibustiers mercantiles qui, regardant de haut les « Japs » avec la morgue de la race blanche, voulaient uniquement prendre, acquérir et piller. Il voulait, lui, offrir, se dévouer humblement ; aussi le pays et ses habitants devinrent-ils ses amis. Il fut le premier Européen que les Japonais considérèrent entièrement comme un des leurs, en qui ils eurent confiance et à qui ils dévoilèrent leur être le plus secret : « He is more of Nippon than ourselves », disaient-ils de lui, et, de fait, personne ne les mit en garde contre l'Europe avec davantage d'insistance que lui. Il avait déjà subi le sort qu'ils commençaient seulement à affronter.

Et le destin aimait l'œuvre de Lafcadio Hearn ; satisfait de lui, il lui accorda un dernier cadeau, le plus grand : il le fit mourir au bon moment, de la même façon qu'il l'avait au bon moment envoyé accomplir sa tâche. Le héraut du Nippon ancien disparut l'année où les Japonais vainquirent la Russie, où ils accomplirent ce fait d'armes par lequel ils forcèrent les portes de l'histoire du monde. Désormais ce pays mystérieux se trouvait placé sous les feux de la curiosité générale, désormais le destin n'avait plus besoin de Lafcadio Hearn. On pourrait croire qu'un esprit sage avait décidé qu'il ne connaîtrait pas la victoire du Japon sur la Russie, cette illusoire victoire par laquelle la vieille tradition s'ouvrit elle-même le ventre. Lafcadio Hearn mourut à la même heure que le vieux Japon, que la civilisation japonaise.

Mais il était si cher au cœur de ce peuple devenu le sien que, au beau milieu d'une guerre qui chaque jour leur ravissait des milliers d'entre eux, tous les gens furent saisis d'effroi à la nouvelle de sa mort. Une partie de leur âme s'éteignait avec lui, ils en étaient conscients. Ils furent des milliers à marcher derrière son cercueil qui fut descendu en terre selon le rite bouddhiste, et quelqu'un prononça sur sa tombe ces paroles inoubliables : « Nous aurions préféré perdre deux ou trois cuirassés de plus devant Port-Arthur plutôt que cet homme. »

Dans de nombreuses maisons au Japon, chez ses proches, chez ses élèves, son portrait — ce profil énergique au regard flamboyant sous des sourcils broussailleux — est encore posé sur l'autel des ancêtres. Hearn a raconté lui-même comment, là-bas, devant l'image des défunts on invoque par de doux sortilèges l'âme morte au cours de sa transmigration. Flottant dans le Meido, entre l'univers et le néant, elle est toujours proche des croyants qui l'appellent et elle entend leurs paroles amicales. Nos croyances à nous sont tout autres. Pour nous, cette âme lumineuse s'est évanouie, et seuls les livres que Hearn nous a laissés nous permettront de la retrouver.

OTTO WEININGER :
RENCONTRE MANQUÉE
AVEC UN HOMME DISCRET

Aucune des figures essentielles de notre génération n'a suscité moins de témoignages qu'Otto
Weininger qui, à vingt-quatre ans, juste avant
d'être célèbre, se brûla la cervelle d'une balle de
revolver.

J'avais souvent vu pendant les cours cet étudiant maigre, mal dans sa peau, laid et à l'air
abattu, je savais qu'il s'appelait Weininger [1] et je
connaissais également de nom ses compagnons de
table au café : Oskar Ewald, Emil Lucka, Arthur
Gerber, Hermann Swoboda, comme ceux-ci me
connaissaient, moi qui, avec déjà deux livres à
mon actif, avais alors de l'avance sur eux. Mais,
pour qu'un lien puisse s'établir, il manquait un
seul stupide petit détail : nous n'avions pas été
« présentés » ; et, malgré le vif intérêt qu'éprou-
vaient en cachette l'un pour l'autre nos deux
cercles, celui des poètes et celui des philosophes,
malgré la facilité avec laquelle messages et
conversations circulaient grâce à la curiosité de
nos vingt ans, aucune occasion de « présentation »
officielle ne s'offrait et il fallut attendre longtemps
avant que cela se produise.

1. Stefan Zweig s'était inscrit à Vienne à la faculté de
philosophie. *(N.d.T.)*

Enfin, je dois l'avouer, de mon côté non plus je ne fis jamais la moindre tentative sérieuse pour lier connaissance avec lui. Weininger, à l'époque ce nom ne disait rien à personne, et, quant à son visage, il avait peu d'attraits. Sale, fatigué, les habits froissés, il donnait toujours l'impression d'avoir effectué un voyage de trente heures en chemin de fer, il marchait de travers, l'air contraint, comme s'il s'appuyait sur un mur invisible, et sa bouche tourmentée, sous une mince petite moustache, semblait tomber obliquement. Il avait, paraît-il, d'après ce que mes amis me racontèrent par la suite, de beaux yeux. Je ne les ai jamais vus, car son regard était toujours fuyant (même quand je lui parlai, je ne les sentis pas une seule seconde posés sur moi). Je ne le compris que plus tard : tout cela provenait d'un sentiment d'infériorité exacerbé, de la sensation toute russe d'être un criminel, ancrée en celui qui est sa propre victime. Encore une fois : en quoi Weininger, ce condisciple qui en était alors à son septième semestre [1], aurait-il pu m'intéresser ?

Soudain, à la fin de 1902, un bruit se répandit parmi nous : un étudiant de notre discipline avait, disait-on, remis au professeur Jodl une thèse que celui-ci, avec un étonnement mêlé d'effroi, avait qualifiée de géniale. Ce travail faisait partie d'un ouvrage fondamental d'un genre entièrement nouveau pour lequel le professeur Jodl était à la recherche d'un éditeur ; l'auteur en était Otto Weininger. Weininger ? Malgré moi je me mis à porter sur lui un regard différent, plus pénétrant (ce dont il dut bien se rendre compte), mais je ne parvenais pas à me départir d'un certain malaise devant ces yeux qui se terraient craintivement, cette bouche amère, devant ce physique — je ne le cache pas —

1. On présentait sa thèse à la fin du huitième semestre. (N.d.T.)

ingrat. Même en tant que collègue, aller au-devant d'un individu aussi secret, replié sur lui-même, lui adresser cordialement la parole, était chose impossible — je le compris tout de suite. Aussi la curiosité resta-t-elle latente.

Puis, un après-midi, j'entrai dans la petite salle de lecture de l'université, je demandai un livre et m'assis à l'unique place libre. À côté de moi, quelqu'un se poussa poliment, et je jetai un coup d'œil machinal : c'était Weininger ! Il avait devant lui une pile d'épreuves — les placards de *Sexe et Caractère*, comme je pus le constater plus tard. Nos manches se frôlaient ; quand nous levions les yeux, je remarquais que nous nous observions l'un l'autre et que le fait d'être ainsi côte à côte, de se connaître sans se connaître vraiment, irritait chacun de nous. Quelques paroles bien naturelles entre condisciples auraient dissipé cette tension sur-le-champ, mais — l'expérience l'a sans doute appris à plus d'un — chez certaines personnes la peur d'une méprise est ancrée trop profondément pour qu'elles puissent jamais, en signe de sympathie, laisser libre cours à un geste *direct*, un geste fraternel à la Walt Whitman. Nous restâmes ainsi l'un à côté de l'autre, étrangers par la force des choses : je voyais une main délicate, remarquablement féminine, inscrire des corrections. Mais bientôt il se leva et, à ma grande surprise, me salua. Le premier pas était franchi.

Par un fait étrange, trois jours plus tard, tandis que j'étais en compagnie d'un collègue, Weininger passa ; mon collègue l'aborda. Et, remarquant soudain l'attitude réservée que nous adoptions l'un en face de l'autre, il demanda, étonné : « Eh bien, vous ne vous connaissez donc pas ? » Nous ne dîmes ni oui ni non, nous ne nous présentâmes pas l'un à l'autre (cela aurait été ridicule) et nous échangeâmes une poignée de main. Et maintenant je vais être tout à fait sincère : *j'ai rarement eu avec*

quelqu'un une conversation plus froide, plus imper-
sonnelle, plus embarrassée que celle que j'eus cette
fois-là avec Weininger. Je l'interrogeai, lui qui avait
déjà passé son doctorat, sur les modalités de
l'épreuve ; il me donna des conseils pratiques sur
la façon de se comporter : il fallait inciter ce
bavard de professeur Müllner à parler et mettre
fortement l'accent chez le professeur Jodl sur tout
ce qui relevait de l'idéalisme...

Cette première rencontre, à vrai dire *négative,* fut
aussi la dernière, et Weininger en porte la tragique
responsabilité. Son livre parut au cours du mois
de juin 1903, puis arrivèrent les vacances d'été.
Je ne revins d'Italie qu'en septembre. Personne
n'avait jusque-là prêté attention à cet ouvrage
grandiose, fondamental ; ce n'est qu'à l'intérieur
de notre cercle très restreint qu'il commençait à
susciter une certaine excitation. Je le lus avant la
fin du mois, nous en discutâmes avec acharnement toute une nuit entre amis et je me réjouissais
déjà, fort de mon savoir récent, de pouvoir désormais l'aborder sur un mode plus personnel à la
prochaine occasion. Or les choses se passèrent
autrement. Le 5 octobre, on apprit par la presse
qu'un jeune lettré, Otto Weininger, s'était *tiré une*
balle dans la tête à son domicile, dans la maison où
Beethoven était mort.

Il n'y aura donc jamais eu de rencontre véritable. Pourtant peu de gens m'ont laissé un souvenir si net, si sensible, que cette figure tragique passée tout près de moi.

Cette rencontre en apparence insignifiante, je la
raconte à dessein froidement, sans fioritures, avec
le souci de la pure vérité, quoique ce faisant je
confesse avoir côtoyé, dans le temps et dans
l'espace, un individu d'une telle valeur sans avoir
atteint ni même deviné son être intime. Mais il me
semble plus important de le démontrer une fois de
plus, sans pitié, à l'aide d'un exemple, au public

incurablement rivé à l'idéal romantique d'une apparence pittoresque : presque jamais le génie véritable d'un homme ne se révèle à son entourage à travers *son visage et sa manière d'être;* par une sorte de loi de la nature, celle-ci dissimule ses formes les plus remarquables. C'est uniquement sur le plan de l'esprit et non sur le plan de la plastique que le génie créateur fait son entrée dans le monde : l'esprit seul est à même de le pressentir, de l'appréhender.

Comme aux temps mythiques, le divin continue, ici-bas, à avoir une prédilection pour le camouflage, pour le déguisement.

NIETZSCHE ET L'AMI

Les lettres à Franz Overbeck nous plongent dans un des paysages de l'âme les plus grandioses et les plus terribles à la fois : la solitude de feu et de glace des dernières années de la vie de Frédéric Nietzsche. Retracer avec véracité ces quinze années de solitude extrême prend pour l'imagination l'allure d'une tâche périlleuse et presque douloureuse, car c'est dans l'immatérialité qu'il lui faut exposer la tragédie, ce monologue qui n'a d'autre décor, d'autre acteur qu'un homme isolé et souffrant. En règle générale, l'humanité, lorsqu'il s'agit de ses demi-dieux, n'est pas encline à tolérer le prosaïsme de la misère et à se représenter des circonstances banales qui constituent finalement pour le génie l'apogée de l'horreur. À l'histoire elle préfère substituer la légende, elle poétise l'effroi pour ne pas avoir à l'éprouver même de façon indirecte, elle idéalise ses héros afin d'en appréhender plus commodément la grandeur. Ainsi, depuis deux décennies environ, quand ils parcourent l'Engadine, les touristes allemands ont pris l'habitude d'emprunter, entre déjeuner et dîner, l'agréable chemin recouvert de gravier menant à Sils Maria dans le but de contempler quelque temps sa retraite, cette retraite au sein de laquelle Nietzsche, sous la voûte étoilée du ciel, le

visage tourné vers les glaciers, à des milliers de
mètres au-dessus du niveau de la mer, rêva de son
Zarathoustra et de sa « transvaluation des
valeurs ». Tout frissonnants, ils regardent ce paysage sublime, d'une beauté supraterrestre, et leur
sentiment leur dit que c'est bien là le théâtre
approprié à des combats titanesques ; ils ne se
doutent pas, les braves gens, à quel point, à vouloir marquer ces lieux du sceau de la poésie et de
l'héroïsme, ils édulcorent la tragédie intérieure
inouïe des années vagabondes de Nietzsche. Car
Nietzsche ne fut jamais ce dieu ivre de solitude
qui, radieux, dominant la foule vile, paraissait ici,
loin du bruit, faire descendre des étoiles d'un ciel
perpétuellement serein le chant nocturne de Zarathoustra jusqu'à ce qu'il résonne en lui. Ses lettres
en témoignent : il était bien plus grand que cela et
beaucoup plus prodigieuse fut sa solitude, parce
que infiniment plus pitoyable, plus triviale, plus
banale — partant plus héroïque. C'était la solitude
d'un être malade, à demi aveugle, à l'estomac fragile, nerveux, agité, qui, tout au long d'une décennie, cherchant à échapper au monde et à lui-
même, courra de chambre d'hôtel en garni, de
garni en pension modeste, de village en ville, chas-
seur et gibier à la fois, toujours à l'œuvre sitôt que
ses nerfs cessent de le torturer. Nulle part dans ses
lettres (les plus belles peut-être car les plus
intimes, celles à Overbeck, furent les dernières à
être publiées) on ne trouve trace du caractère
apaisant et alcyonien de ce paysage dans lequel le
bourgeois imagine sa retraite. Le repos n'est chez
lui qu'épisodique, le bonheur n'est qu'éphémère.
Tantôt il est à Lugano, tantôt à Naumburg, à
Algula, puis à Bayreuth, à Lucerne, à Steinabad, à
Chillon, à Sorrente ; et puis il se dit que les bains
de Bad Ragaz pourraient calmer son moi douloureux, qu'il pourrait bien être touché par la grâce
des eaux salutaires de Saint-Moritz, des sources

de Baden-Baden, puis le voilà encore à Interlaken, à Genève, aux thermes de Wiesen. L'espace d'un instant il croit découvrir dans l'Engadine des affinités avec lui-même, il se voit libéré ; et puis non, il lui faut à nouveau une ville du Sud, Venise ou Gênes, Menton ou Nice, il tente, brièvement, sa chance à Marienbad, tantôt l'attirent les forêts, tantôt c'est un ciel serein, d'autres fois il estime que la tranquillité peut seulement lui venir d'une petite ville riante où l'on fait bonne chère. Son errance prend une forme scientifique : il étudie des ouvrages de géologie et de géographie dans l'espoir de trouver une contrée, un climat, des êtres humains susceptibles d'être en harmonie avec lui. Barcelone figure au nombre de ses projets, et même les plateaux du Mexique dont il attend l'apaisement. Mais il y a toujours autour de lui, comme un défi, cette solitude, qu'il la veuille ou non, qu'il la recherche ou qu'il la fuie, sans trêve elle le repousse vers d'autres solitudes jusqu'à ce qu'il atteigne cette ultime zone où déjà les limites communes de l'être, de l'espace et du langage sont imperceptibles, où tout est également froid et effrayant, paysage polaire plongé dans un crépuscule glacial, désert, inhumain et empli de ténèbres mystérieuses au-dessus desquelles finit par se lever, rouge, l'aurore boréale de la folie.

Avant de parler de sa solitude, il convient donc de se débarrasser de l'image facile, plaisante, poétique de l'ermitage de Sils Maria, mais il faut aussi, avant de vouloir étudier la figure du voyageur, briser la représentation légendaire apportée par bustes et tableaux familiers qui le propulsent dans les sphères du monumental et du démoniaque — ce qui en fait contribue à le diminuer. Dans ces lettres, pas davantage que dans tous les documents concernant sa vie, jamais il n'apparaît tel qu'il est sur les bustes démesurés qu'on lui a consacrés : le type même du Hun dressé bien droit, à l'allure décidée, au gigantesque front dégagé et imposant, aux yeux intrépides sous leurs sourcils broussailleux et doté d'une énorme moustache à la Vercingétorix surmontant une bouche altière. Pour le comprendre vraiment, il faut le ramener à une échelle plus petite et ne pas craindre de le considérer sous un jour plus humain. Les yeux intrépides sous l'arc des sourcils — en réalité feux troubles, myopes, que lire fatiguait et faisait larmoyer et auxquels aucune paire de lunettes si puissante fût-elle n'aurait pu redonner une acuité totale. La main écrivait mécaniquement, à peine le regard parvenait-il à la suivre, la simple lecture d'une lettre représentait pour cet homme à demi aveugle une torture, et la machine à écrire a constitué pour lui un des plus précieux présents de l'Amérique au Vieux Continent parce qu'il y apercevait une nouvelle possibilité d'expression. Derrière ce haut front marmoréen se dissimulaient en fait des tempes soumises à un cruel martèlement, des douleurs cuisantes et lancinantes, le flamboiement d'un état de veille permanent, d'atroces insomnies qu'il tente en vain d'apaiser avec des doses de plus en plus fortes de chloral. Tous ses organes sont ébranlés par une hypersensibilité croissante des nerfs, le moindre écart dans son alimentation irrite son appareil digestif délicat — il n'est pas rare qu'il vomisse pendant des journées entières —, le moindre changement dans la pression atmosphérique, la moindre variation de temps suscite une crise de sa production. Pareil à un ciel d'avril, ce corps à la sensibilité de vif-argent est la proie d'humeurs changeantes prêtes à passer, en un rien de temps, d'une gaieté échevelée, quasi pathologique, à la mélancolie la plus noire; tout en lui n'est que nerfs, et sentir ses nerfs, c'est souffrir. Effrayante est la dépendance de cet homme nerveux aux

114

contingences de son corps, d'autant plus effrayante que les contacts rares, voire inexistants, du solitaire avec autrui ne peuvent pas le distraire de l'attention qu'il leur porte, qu'il tient constamment dans ses mains la boussole, la tremblotante aiguille aimantée de ses sensations ; cent fois plus effrayante parce que cette excitabilité intérieure est sans trêve accrue par des contrariétés extérieures liées à sa vie petite-bourgeoise étriquée et pénible. Seule la fuite de Dostoïevski à la même époque, dans les mêmes conditions — exil, pauvreté, oubli —, atteindra ce paroxysme d'anonyme souffrance et tandis que, au-dehors, à la surface de l'Histoire contemporaine, les arts et les sciences sont emportés dans un tourbillon de fête foraine, les deux plus grands génies de la seconde moitié du siècle souffrent solitaires dans les coulisses redoutables, encore inexplorées, de chambres d'hôtel mal meublées, de pensions au maigre couvert. Ici comme là, Dionysos, le créateur, le héraut de la vie, se cache sous les formes décharnées de Lazare malade, souffrant et dépérissant de jour en jour et ne devant qu'au dieu chacune de ses résurrections. Ici comme là, il faut franchir les sept cercles de l'enfer avant de parvenir au plus profond de l'abandon.

La fin solitaire de Nietzsche n'a pas eu de témoin ; aucune conversation, aucune rencontre. Quelques cris simplement, jaillis des ténèbres, transpercent les lointains et ces cris, expression de son espoir et de son supplice, ce sont ces lettres. Si au commencement il suffisait de petites tensions intérieures, de petits désagréments corporels pour les lui arracher, peu à peu, c'est l'atmosphère tout entière, l'air étranger, muet, glacé, de la solitude qui pèse sur lui, tel un ciel de plomb, c'est le monde entier qui devient absurde et cruel. À suivre le parcours de ces lettres d'année en année on ressent l'obscurité et le vide croissants autour de lui ; on quitte le monde de la clarté et on s'enfonce comme dans une grotte. En 1871, début de ses pérégrinations, alors que le jeune professeur qui a contracté une grave maladie au cours de la guerre franco-allemande quitte Bâle, cherchant pour la première fois la guérison dans le Sud, l'humanité, l'espoir sont encore intimement mêlés à sa vie qui continue à porter la marque flamboyante d'une réussite tôt venue et d'une vive popularité. À l'université, il est l'un des enseignants les plus recherchés et les plus contestés, ses premiers écrits l'ont placé au centre de discussions particulièrement animées, nul en Allemagne n'est plus proche de Richard Wagner, la personnalité la plus éminente de son temps. Les jeunes philologues reconnaissent en lui un innovateur et le considèrent déjà avec joie comme leur guide. En quittant l'université de Bâle, il rompt une première série de liens ; à l'étranger, il n'en tissera pas d'autres. Désormais, chaque pas en avant l'enfonce davantage dans la solitude, chaque livre qu'il publie l'éjecterait plutôt de la sphère littéraire qu'il ne l'y agrégerait. La rupture avec Wagner ne le prive pas seulement de l'« homme le plus entier » qu'il ait jamais connu, l'unique à avoir, avec une perspicacité géniale, flairé dans le jeune philologue de vingt-quatre ans le phénomène le plus extraordinaire de son temps ; elle le coupe brutalement de la moitié de ses relations. Ceux qui l'ont connu grâce à Wagner le quittent à cause de Wagner ; ceux qui restent se montrent circonspects à son égard et lui manifestent une confiance limitée. Deux ans encore, et d'autres relations s'effritent : sa sœur, auprès de laquelle il trouvait jusque-là un foyer, part suivre son mari outre-mer ; ses dernières œuvres, par leur étrangeté, gèlent l'intérêt de plus en plus clairsemé que l'on portait à sa production. Et tandis que d'ordinaire il se dégage des œuvres poétiques et nou-

velles un curieux magnétisme, une force mystérieuse capable d'attirer vers elles des êtres proches
de leur sensibilité, les siennes, par leur froideur,
rebutent même les mieux disposés. Une dernière
fois, aux alentours de la quarantaine, alors qu'il
est au sommet de sa création, il semble opérer un
retournement en ouvrant les bras à de nouveaux
amis :

> *Ô midi de la vie ! seconde jeunesse !*
> *Ô jardin d'été !*
> *Bonheur inquiet dans l'immobilité, le guet,*
> > *[l'attente !*
> *J'attends les amis, prêt jour et nuit*
> *Les nouveaux amis ! Venez ! Il est temps ! Il est*
> > *[temps !* [1]

Mais sa vie est pareille à un arbre qui ne rever-
dira plus. Il est trop tard. On vient encore le voir
occasionnellement ; des lointains parvient le grondement de sa célébrité future, les premiers à le
découvrir, Brandes, Strindberg, Hippolyte Taine
l'appellent. Cependant ils sont trop loin, trop différents pour influer sur cette existence étrange
pleine de feu en dedans et de glace au-dehors. Cet
homme à demi aveugle erre, à tâtons, d'hôtel en
hôtel, de la ville à la mer, d'un pâturage alpestre à
une vallée, mais c'est invariablement une solitude
qui succède à une autre, et, lorsque finalement la
fournaise intérieure brisera sa carapace de glace
et que la folie s'emparera de lui à Turin, aucun de
ses amis ne sera présent. C'est dans l'isolement
que se consumera ce cerveau prodigieux.
    Un seul est là, l'unique à être toujours là à partir
du jour où Nietzsche quitte sa chaire de philologie
à Bâle, il sera toujours là, accompagnant de loin,
du fond de sa tranquillité, le voyageur de son

---

1. Frédéric Nietzsche, *Par-delà le bien et le mal. (N.d.T.)*

attention affectueuse, fidèle entre les fidèles : Franz Overbeck — dont la correspondance avec Nietzsche vient de paraître aujourd'hui pour la première fois dans son intégralité. À la suite de querelles d'éditeurs, longues de plusieurs années et loin d'être entièrement apaisées, ces lettres ont été publiées de façon parfaitement aride, sans préface pour nous informer sur les origines et la nature de cette amitié et l'on n'apprend sur Overbeck que ce que l'on découvre soi-même à travers ces pages. Mais peut-être est-ce mieux ainsi, car, du fait que son action reste anonyme, sa personnalité, son caractère si humain se révèlent avec d'autant plus de bonheur. Overbeck n'apparaît pas comme le philologue, le collègue, le professeur, l'écrivain ; on ne perçoit rien de cette part productive de son être qui œuvrait pour lui et pour le monde ; on ne distingue que cette autre part cachée, bien plus importante ici : le don de soi, l'amitié. Il n'a pas été pour Nietzsche le maître que fut Richard Wagner, le disciple que fut Peter Gast, le compagnon spirituel que fut Rohde ; il n'était pas lié à lui par les liens du sang, comme l'était sa sœur ; il s'est contenté d'être purement et simplement l'ami — mais dans cette notion d'ami se concentrent toutes les manifestations de la confiance, des plus intenses aux plus insignifiantes, des plus nobles aux plus triviales. Il est à la fois pour Nietzsche vaguemestre, commissionnaire, banquier, médecin, intermédiaire, porteur de nouvelles, il est l'éternel consolateur, présence douce et apaisante, en permanence disponible, imperturbable, à l'écoute de ce qu'il lui est donné de comprendre chez cet être hors du commun et plein de respect face au domaine incommensurable que même son affection ne parvient pas à jauger. Il est dans l'existence chancelante du philosophe l'unique point stable sur lequel celui-ci peut sans faute fixer son regard et, dans un profond soupir de reconnaissance, Nietzsche laissera un jour libre cours à ses sentiments dans des paroles tout empreintes de bonheur : « La bonté d'Overbeck a été au cœur de ma vie. »

À lui il peut tout écrire, jusqu'aux détails physiques les plus intimes qu'il dissimule peut-être pudiquement aux autres ; ce sont des hurlements qu'il lui adresse, il lui confie les plus minimes soucis domestiques, chacune de ses nuits d'insomnie, il ne lui épargne aucune journée de pluie, il lui livre pêle-mêle toutes les bizarres péripéties de sa maladie. Ses lettres sont pour la moitié des bulletins, et pour le reste ces cris de désespoir si effroyables qu'ils vous transpercent encore l'âme bien des jours plus tard. Lecture qui vous remplit d'horreur, car les mots jaillissent souvent à la manière d'un flot de sang : « Je ne vois plus de raison de continuer à vivre, fût-ce seulement six mois » ; ou bien : « Il me faut m'inventer une nouvelle patience et même davantage que de la patience », ou : « Le canon d'un pistolet est à présent pour moi une source de pensées relativement agréables » ; ou encore cette cinglante exhortation lancée à lui-même : « Facilite-toi donc les choses : meurs ! » Et, au milieu de ces explosions, de petits tracas terre à terre. Il se plaint de ne pas avoir de fourneau à Gênes, il réclame une tisane bien particulière qui, espère-t-il, l'incommodera moins ; tout ce qui l'oppresse et le tourmente, il le jette à la figure de l'ami. Perpétuellement il assaille l'ami lointain de tout son fardeau de tourments et de privations, sans le moindre égard ; et pourtant il arrive qu'il reconnaisse, avec une infinie délicatesse, le caractère pénible de ce qu'il lui impose ; émouvante est alors la question qu'il pose avec prudence, bien que sûr de la réponse négative : « N'est-ce pas qu'à la longue je suis un camarade encombrant ? » Et, de fait, durant ces quinze années d'éloignement interrompu seulement par quelques rares rencontres, Overbeck ne perdra rien de sa « douce fermeté », que Nietzsche loue avec une émotion sans cesse renouvelée. Il prête une oreille compatissante à la plus infime plainte, cherche à atténuer le désespoir le plus fou par des paroles de consolation avisées, prend au sérieux jusqu'aux élans les plus exaltés de Nietzsche, sans les minimiser en portant sur eux l'ombre d'un doute, et jamais il n'exaspère cet esprit irascible en le contredisant, jamais il ne lui fait miroiter des chimères. De ses lettres se dégage une agréable sérénité faite de sobriété, de calme, de tendresse ; c'est cette différence de rythme, le contraste avec les débordements de Nietzsche, ses expansions ardentes, qui permet justement de comprendre quel réconfort une telle constance paisible représentait pour l'homme abandonné. Overbeck lui procure ce dont son estomac irrité a besoin, sans trêve, sans se lasser il satisfait ses désirs, gère ses biens, et s'il demande quelque chose, ce n'est jamais pour lui-même, c'est toujours pour l'ami. Il a les accents d'une mère lorsqu'il écrit : « Ne prends pas inconsidérément froid et ne t'alimente pas mal. » Et c'est avec une prévoyance toute paternelle qu'il se risque de temps à autre à lui donner un petit conseil en vue d'améliorer son état. Une seule fois il essaie d'éradiquer le mal le plus profondément ancré en Nietzsche, de l'arracher à la solitude qui l'enserre et l'oppresse, le brûle et le glace. Avec d'infinies précautions, à pas feutrés, il lui suggère d'accepter un poste de professeur — non point certes à l'université, mais il pourrait par exemple enseigner l'allemand dans une école secondaire. Et ô prodige ! Nietzsche d'ordinaire sourd aux recommandations, qui à une autre occasion écrivit, sarcastique : « Qu'on exhorte donc Laocoon à triompher de ses serpents ! » et qui un jour incidemment forgea dans une de ces lettres ce superbe aphorisme : « Celui qui souffre est une proie facile pour chacun, tout le monde est sage à côté de celui qui souffre », ce même Nietzsche lui répond calmement, sans s'énerver, que cette proposition est de loin la plus acceptable qu'on lui ait soumise ces derniers temps. Il comprend vers quoi son ami cherche à l'attirer, il perçoit le sens profond de cet insignifiant retour en arrière et ajoute seulement, sceptique : « Attendons d'abord *Zarathoustra;* je crains qu'après cela aucune administration publique au monde ne veuille de moi comme éducateur de la jeunesse. »

Mais toute amitié avec Nietzsche a encore une ultime épreuve à surmonter, contre laquelle se brisèrent presque toutes les autres : l'épreuve de ses œuvres. Chose curieuse, il faut bien le dire, cette amitié survivra durant quinze ans non pas *grâce aux œuvres* de Nietzsche, mais plutôt *malgré elles*, et Nietzsche l'exprimera une fois en personne sans ambiguïté : « C'est merveilleux de penser que nous ne soyons pas devenus étrangers l'un à l'autre ces dernières années, pas même à cause de *Zarathoustra.* » Pas même à cause de *Zarathoustra!* Tant était grande l'habitude qu'avait Nietzsche de voir ses écrits éloigner de lui tous ceux qui l'aimaient et, de fait, dans l'amitié entre Nietzsche et Overbeck également, la production littéraire de Nietzsche est davantage une épreuve qu'un élément moteur. Overbeck ne parvient jamais vraiment à aborder avec un véritable enthousiasme ces prodigieuses créations, ses réticences sont d'ordre moral et — alors que leurs rapports sont par ailleurs libres, ouverts, pleins d'affection et de tendresse — dans ce domaine ils s'évitent prudemment et se dérobent à toute discussion. Dévoré par l'angoisse, tremblant à chaque fois de le perdre, Nietzsche offre à son ami des livres éternels et pour l'un d'eux il écrit sur un ton presque implorant : « Mon vieil ami, lis-le d'un bout à l'autre et ne te laisse pas déconcerter, ne te détourne pas de moi. Rassemble toutes tes forces, toutes les forces de ta bienveillance à mon égard, de ta bienveillance si patiente, cent fois préservée. Si ce livre t'est insupportable, peut-être que cent détails qu'il renferme ne le seront pas. » Il s'excuse du caractère inhabituel de ce qu'il écrit : « Il ne faut pas attendre de moi à présent que je fasse de belles choses, pas davantage qu'on ne saurait exiger d'un animal malade et affamé qu'il déchiquette sa proie avec grâce. » Et c'est avec une admirable clarté qu'Overbeck s'excuse à son tour de ne pas comprendre vraiment ses œuvres lorsqu'il écrit en toute sincérité : « Je ne me pose pas en personne qui s'est plongée dans tes livres quand je dis que je suis incapable de m'y plonger comme il le faudrait. » Il ne cherche pas à enjoliver ce sentiment d'étrangeté par des fleurs de rhétorique, il préfère éluder. Ces œuvres ne lui inspirent aucun bavardage, il remercie leur auteur, lui rend hommage et lui reste fidèle. Il sera toujours l'ami, puis l'être le plus important pour le solitaire.

Plus d'un sera déçu par l'aspect unilatéral de cette correspondance — monologue dans lequel Nietzsche est seul à parler de ses textes, à les expliquer, les annoncer, les paraphrasant sans que ces épanchements suscitent jamais de la part d'Overbeck d'autre réponse qu'un remerciement furtif, un respect discret et une prudente appréciation. D'aucuns se sentiront alors peut-être enclins à voir en Overbeck quelqu'un de médiocre et de peu intelligent parce que ces œuvres, devenues cruciales pour nous, ne se révélèrent pas immédiatement à lui dans toute leur force et leur portée. Mais nous, hommes d'aujourd'hui, pour qui Nietzsche est un tout et pour qui ses écrits forment un ensemble, nous sommes peut-être déjà incapables de les replacer dans leur contexte et de comprendre à quel point ces livres ont pu, par leur singularité, apparaître fantastiques, solitaires, abrupts, dangereux, abstrus, filant comme des météores à travers la fadeur de l'époque, et à quel point, en outre, sa façon de les annoncer dans ces lettres n'a pu d'emblée que les tendre encore plus effrayants aux yeux de l'ami. Lorsqu'il dit : « Il m'est venu aujourd'hui pour la première fois l'idée que l'histoire de l'humanité se divisait en deux parties », ou qu'il déclare : « *Zarathoustra* est quelque chose qu'aucun être vivant à part moi ne peut faire », ou qu'il prophétise : « L'Europe actuelle ne sait encore rien de la terrible décision autour de laquelle gravite mon être, des problèmes qui me torturent, elle ignore qu'une catastrophe se prépare dont je tairai le nom, bien que je le connaisse », on imagine en frémissant la peur, l'angoisse de l'ami prenant dans ses mains un livre annoncé de la sorte. Et pourtant Overbeck, fidèle, tient ferme et Nietzsche s'accroche à lui. Il ne manque pas une occasion de remercier Overbeck haut et fort « pour la constance immuable que tu m'as manifestée dans les moments les plus pénibles et les plus obscurs de ma vie. Si je fais abstraction de Richard Wagner, personne ne m'a apporté le millième de la passion et de la compassion que tu m'as témoignées pour que nous parvenions à nous comprendre ».

Richard Wagner : il reste à jamais aux yeux de Nietzsche, envers et contre tout, le modèle suprême, c'est envers et contre tout le plus grand compliment qu'il puisse formuler pour un homme. Et de fait, avec les lettres à Richard Wagner et celles à sa sœur, cette correspondance avec Overbeck est celle où Nietzsche se révèle le plus intimement, se confie le plus sur le plan intellectuel. Les sentiments s'y expriment avec une ampleur admirable et évoluent avec une force dramatique que notre époque n'a plus connue depuis.

Aucune dissonance littéraire, aucun bavardage philologique ne vient assourdir les notes hautes, sonores, qui dominent ces trois cents lettres rédigées dans une langue d'une pureté éblouissante; elles continuent à vibrer, toujours plus claires, plus cristallines, plus aiguës, toujours plus délicates et en même temps plus pleines jusqu'à ce que soudain, au beau milieu d'une ligne, retentisse le bruit discordant d'une corde qui saute et que l'effondrement de ce cerveau prodigieux provoque à la fois la perte de la conscience du monde et l'anéantissement de cette amitié.

« SADHĀNA », DE RABINDRANĀTH TAGORE

LE JEUNE ÉCRIVAIN *(entrant chez son ami)* : J'espère
que je ne te dérange pas.

LE VIEIL ÉCRIVAIN *(posant un livre sur le côté)* : Pas
du tout.

LE JEUNE ÉCRIVAIN : Quel est ce livre ?

LE VIEIL ÉCRIVAIN : L'ouvrage philosophique de
Rabindranāth Tagore, *Sadhāna (Le Chemin de la
perfection)*, qui vient de paraître en allemand chez
Kurt Wolff.

LE JEUNE ÉCRIVAIN : Et tu as envie de lire cela
maintenant ? Je ne te comprends pas.

LE VIEIL ÉCRIVAIN : Pourquoi ne devrais-je pas
éprouver le désir de lire le dernier livre de Tagore
et même avoir hâte de le découvrir ? Et comment
se fait-il que ce besoin te semble soudain aussi
inconcevable ? Pourtant, il n'y a de cela que deux
mois, nous étions assis ensemble dans cette pièce,
nous lisions les *Stray Birds* et, tout autant que
moi, tu étais transporté par la simplicité cristalline de ces vers, par l'éminence et la naïveté — au
vrai sens du terme — de cette poésie qui, à partir
de son étrangeté, se créait elle-même une mélodie
nouvelle. Nous étions tous deux heureux de voir
arriver ce rythme nouveau dans ce qu'on aurait pu
considérer comme une pause de la révélation poétique en Europe et, si je ne me trompe, c'est toi-

même qui as pressenti dans ces vers l'annonce d'une religiosité nouvelle.

LE JEUNE ÉCRIVAIN : Oui, c'est exact, j'ai réellement ressenti à cette époque Rabindranâth Tagore comme une sorte de révélation, et dans un an ou deux je pourrai vraisemblablement le lire à nouveau ; simplement, à l'heure actuelle, en ce moment précis, il m'est impossible d'être tout à fait équitable à son égard. Pour l'instant je ne peux plus entendre prononcer son nom, je fais un détour pour éviter chaque librairie et ne pas voir quarante fois, sans cesse, sur chaque couverture, ce même visage du mage indien m'adresser un sourire lumineux ; il m'est intolérable de monter dans un tramway, dans un train, parce que, à coup sûr, il y aura là une jeune fille de la bourgeoisie ou un adolescent qui — dans le train ! — liront ses vers et j'ai dû vraiment me retenir pour ne pas me répandre en sarcasmes sur l'idolâtrie de Darmstadt et cette élévation solennelle au rang de poète universel. Je ne supporte tout bonnement pas que ce que j'ai aimé dans mon coin devienne un sujet à sensation et alimente les conversations entre deux tangos, et qu'autour d'un poète que je vénère on organise une mise en scène tapageuse. Aussi longtemps que cela durera je passerai mon chemin et je rangerai ses livres dans le tiroir du bas.

LE VIEIL ÉCRIVAIN : Pour toi, un ouvrage est donc responsable de son retentissement, et un poète de ses admirateurs. Tu n'aurais alors, il y a cent cinquante ans, plus lu une seule ligne de Goethe, tout cela parce que les gandins se costumaient à la Werther, ou tu aurais boudé pendant dix ans lord Byron lorsqu'il est devenu le lion de la bonne société londonienne ? Je sais, c'est la coutume en Allemagne de dire qu'un auteur est un imbécile ou un charlatan dès qu'il a édité dix livres, mais je ne suis pas d'accord. Une fois que j'ai accordé ma confiance à un écrivain, en toute conscience, en me fondant sur mon propre sens esthétique, je ne me méfie pas de lui quand il a du succès.

LE JEUNE ÉCRIVAIN : Ce n'est pas de lui que je me méfie mais en réalité de moi-même, et je me demande si, alors, dans mon enthousiasme initial, surpris par sa nouveauté, je ne l'avais pas surestimé. En effet, quand un poète vend en Allemagne au cours d'une année 70 000 exemplaires d'un recueil de poèmes, j'y vois toujours un avertissement : il faut le surveiller de près, car seul ce qui est délayé se répand. En cinquante ans, il a été vendu moins d'exemplaires du *Divan oriental-occidental* de Goethe qu'en cinq mois de la piètre copie de Bodenstedt *Mirza Schaffy* et j'en suis venu à me demander si ce qu'il y a d'indien chez Rabindranāth Tagore, et qui en un premier temps me fascina, n'est pas également un dosage très léger, un distillat sucré, vu le nombre important de gens en Allemagne qui le trouvent excellent. Tu me le concéderas tout de même, l'engouement soudain des Allemands pour le bouddhisme n'a rien de plaisant.

LE VIEIL ÉCRIVAIN : Plaisant, non, mais très facile à expliquer. Je dois dire que, en ce qui me concerne, depuis quelques années, je me suis intéressé avec la plus grande attention aux poètes et aux philosophes indiens, auparavant totalement étrangers au champ de ma réflexion. À cela je vois une explication : les trois problèmes essentiels dont la guerre nous a forcés à prendre conscience, le problème de la violence, celui du pouvoir et celui de la propriété, n'ont jamais été envisagés par une nation de façon plus personnelle, plus profonde et plus humaine que par les Indiens. Nous trouvons chez eux une réponse catégorique parfaitement évidente à notre problématique actuelle et toute la folie de notre affairement et de notre organisation, de notre bellicisme et de notre nationalisme ne se montre en pleine lumière qu'à partir du moment où nous l'examinons clairement, pour ainsi dire de l'extérieur, d'un hémisphère où l'on pense et l'on ressent d'une manière différente. C'est pour cette raison que Rabindranāth Tagore, qui est un être vivant attestant la validité de ce savoir ancien tout en la renouvelant, exerce une séduction irrésistible à la fois sur les masses et sur les individus.

LE JEUNE ÉCRIVAIN : Je n'ai moi non plus rien à objecter à ces idées. Au contraire : je considère l'influence de Tagore, son refus du nationalisme, la grandeur de la force éthique qui émane de lui et redonne enfin à un poète une puissance extra-littéraire, comme l'une des rares chances spirituelles pour notre époque si pauvre en personnalités morales. Ma méfiance a en effet pour seul objet le poète, et ce en raison justement de son succès. Tu ne le nieras tout de même pas, le jugement artistique de la masse rejette toujours le naturel pour ne saluer que l'académisme. Lorsque le public adhère, il y a toujours quelque chose de suspect chez le poète.

LE VIEIL ÉCRIVAIN : Loin de moi l'intention de contester que le jugement artistique du grand public tranche infailliblement en faveur des productions de second ordre. Il aime ce qui n'est authentique qu'à moitié, la facilité, la littérature à l'eau de rose, les contrefaçons, quelle que soit l'époque. Mais il est un point sur lequel il ne faut jamais sous-estimer la masse : c'est son instinct. Les gens sentent merveilleusement bien quel poète écrit pour eux, pour leur intérêt, quel poète veut les aider et pense à l'humanité à chaque ligne qu'il trace. Et cet instinct très naturel laisse la masse indifférente envers les autres artistes qui se contentent en fait de créer pour eux-mêmes ou pour le concept éminemment imaginaire d'art et de perfection artistique. De même que les chiens,

128

soudain, dans la rue, accourent vers un individu qui aime les chiens, sans qu'aucun signe extérieur permette de le savoir, les gens affluent inconsciemment, avec toute leur confiance, à la rencontre du poète qui, à chaque ligne qu'il couche sur le papier, ne pense pas à lui mais uniquement à eux. L'énorme influence de Tolstoï et celle de Rolland (auxquels tu ne manqueras pas de concéder les plus hautes qualités morales) ne s'explique pas autrement. Par une sourde intuition les hommes le sentent, avec une force élémentaire : ces écrivains sont habités par le désir de leur venir en aide, c'est à eux qu'ils s'adressent.

LE JEUNE ÉCRIVAIN : Et que fais-tu alors — excuse-moi de t'interrompre — de Mme Courths-Mahler, de Hermann Sudermann et d'Otto Ernst ?

LE VIEIL ÉCRIVAIN : C'est, d'une certaine façon, la même chose ; ces poètes, eux aussi, écrivent pour le public, pas dans un dessein d'élévation spirituelle, bien sûr ; ils cherchent à le divertir, à lui représenter la vie telle qu'il aimerait la voir et non telle qu'elle est dans la réalité. Ces auteurs écrivent eux aussi — naturellement dans leur cas il ne s'agit pas d'une volonté délibérée mais d'une impuissance personnelle — en puisant non pas dans leur propre optimisme mais dans celui des masses. Ils n'ont pas honte d'être populaires et cette communauté avec le peuple crée un lien qu'il serait vain de nier.

LE JEUNE ÉCRIVAIN : Je pourrais te répondre dans le détail à ce sujet, car cette juxtaposition de ce qu'il y a de plus pur et de ce qu'il y a de plus petit dans l'art me paraît quelque peu dangereuse, mais je ne voudrais pas m'écarter du cas de Tagore. Le livre que tu as là devant toi est, si je ne m'abuse, un ouvrage philosophique. La première question que je me pose donc est : exprime-t-il des idées nouvelles ? et non pas : ces idées ont-elles un quelconque effet stimulant ou apaisant sur les hommes ?

LE VIEIL ÉCRIVAIN : Je ne suis pas sûr de saisir ce que tu entends par idées « nouvelles ». Les pensées développées dans *Sadhāna* par Rabindranāth Tagore sont évidemment vieilles, voire très vieilles, ce sont ces idées éternelles que tu trouves partout, chez tous les individus d'une très grande spiritualité, dans toutes les religions et chez tous les poètes. C'est par exemple l'idée que l'activité de l'homme ne doit pas avoir pour but la possession et la puissance mais l'accomplissement de son moi intime, de son moi véritable par lequel il est relié à la divinité. Pour ce qui est de ces idées primitives — si je puis ainsi les nommer —, seules importent la forme, l'expression, la précision et la formulation poétique, et celle-ci, me semble-t-il, a atteint dans cet ouvrage un degré tout à fait remarquable. Les concepts de Dieu, de l'univers, du moi, sont élaborés ici en quelque sorte à partir d'une autre matière que dans l'imagerie spirituelle antique ou moderne et la langue est soutenue par une chaleur si bienfaisante et une sensualité pourtant sans passion que même l'être le plus simple, le plus primaire parvient à s'en imprégner l'âme, ce qui — tu me l'accorderas — est une formidable compensation par rapport à nos ouvrages philosophiques rédigés dans un jargon bien à eux et masquant la faiblesse de leur langage derrière une terminologie gréco-latine, comme le font les prêtres. La clarté du style poétique de Tagore représenterait à elle seule un acquis exemplaire pour toute notre génération de philosophes.

LE JEUNE ÉCRIVAIN : Mais cette clarté ne mène-t-elle pas — il m'est impossible de taire mes soupçons — à une certaine banalité ? Je trouve cela terriblement dangereux que quelqu'un puisse parler des mystères de la création et des fins dernières avec un pareil naturel. J'ai l'impression qu'une telle connaissance ultime ne se cristallise jamais dans les mots ; d'une manière quelconque elle demeure, comme chez les mystiques allemands, dans un magnifique état de chaos et il convient davantage de la pressentir que de la saisir par le sens commun. Le véritable philosophe ne possède pas la clarté a priori ; il faut d'abord lutter afin d'y parvenir en accomplissant son œuvre.

LE VIEIL ÉCRIVAIN : Ton objection est tout à fait justifiée et, s'il y a quelque chose qui me dérange dans le livre de Tagore, ce sont ses efforts, ses tours de passe-passe en vue de venir à bout, avec une aimable sérénité, sans se torturer et sans passion, des concepts les plus ardus avec lesquels l'humanité se débat depuis l'heure de sa création. La mort et le mal, les instincts mauvais, il écarte tout cela délicatement du revers de la main, et je dois encore une fois te donner raison pour ta juste intuition : ce n'est pas le plus merveilleux spectacle du monde qu'on découvre dans ce livre, on n'y voit pas l'homme chaotique, incertain, lutter fiévreusement, désespérément, dans le désarroi de sa pensée, pour une loi, une harmonie. Cette harmonie existe pour ainsi dire chez Tagore depuis le début, elle est innée en lui, au même titre qu'une certaine tiédeur du sang, que la douceur indienne, et il se contente de communiquer cette sensation harmonieuse à ses disciples et à l'humanité entière.

LE JEUNE ÉCRIVAIN : Sa doctrine est bien sûr entièrement positive à l'égard du monde, et optimiste ; cela me permet aussi de comprendre son succès, car en définitive les gens désirent toujours entendre cette vieille bouffonnerie selon laquelle notre monde est le meilleur de tous les mondes possibles.

LE VIEIL ÉCRIVAIN : Il y a là aussi une part de vérité. La conception du monde de Tagore est, naturellement, optimiste, mais je ne suis pas certain, je te l'ai dit, qu'on puisse vraiment parler de conception du monde et je me demande si le

131

terme de prêche ne serait pas plus approprié. Dans *Sadhāna*, Tagore ne cherche pas à élucider le monde pour lui-même ; ce qu'il veut, c'est aider les hommes — en particulier nous autres Européens qu'il tient pour fourvoyés — à trouver le bon chemin, et cette bienveillance confère à son livre un aspect incomparablement touchant. À titre d'exemple, je vais simplement ouvrir le livre au passage où il parle de la mort et je vais te le lire.

« Si nous concentrions toute notre attention sur le fait qu'est la mort, l'univers nous apparaîtrait comme une morgue monstrueuse ; pourtant dans le monde de la vie la pensée de la mort a le plus petit pouvoir que l'on puisse imaginer sur notre esprit. Non parce qu'elle est la moins visible, mais parce qu'elle est la face négative de la vie. La vie dans son ensemble ne prend jamais la mort au sérieux. Elle rit, danse et joue, bâtit des maisons, accumule des richesses et aime, à la barbe de la mort.

« C'est uniquement lorsque nous considérons en lui-même un décès isolé que nous sommes confrontés implacablement au vide et que nous sommes saisis d'effroi. Nous perdons de vue l'ensemble de la vie dont la mort n'est qu'une partie. C'est comme lorsque nous observons un fragment d'étoffe au microscope. Il nous apparaît comme un filet ; nous avons le regard fixé sur les larges trous et nous pensons sentir le froid qui s'infiltre à travers eux. Mais en vérité la mort n'est pas l'ultime réalité. Elle paraît noire, de même que l'éther paraît bleu, mais elle ne noircit pas davantage notre existence que l'éther ne déteint sur l'oiseau qui le traverse. »

N'est-ce pas de nature à redonner espoir ? Ne crois-tu pas que n'importe quel malade, n'importe quelle personne qui souffre, en lisant des paroles aussi nobles, aussi pures, et dans un certain sens également vraies, doivent être emplis d'une gratitude infinie envers ce livre, envers cet homme? Et tu pourrais trouver ainsi, au hasard d'une page, l'une ou l'autre phrase où une réflexion peut-être discutable est représentée dans une forme d'une poésie si absolue, témoignant d'une telle connaissance de l'âme humaine, qu'elle exerce sur toi un effet bienfaisant et que, malgré toi, tu déborderais d'amour pour un homme doté à un tel point non seulement de la volonté mais de la faculté de consoler. Pourquoi vouloir tout juger d'un point de vue strictement littéraire? Tagore est justement de ceux pour qui il importe le moins de savoir dans quelle mesure il est un novateur, un créateur au sens premier du mot. Prenons-le tel qu'il est, soyons-lui reconnaissants d'avoir été l'un des rares à tant donner à notre époque par la noblesse de sa conduite, l'harmonie de sa parole, le souffle pur de son humanité. Gardons notre regard critique pour d'autres; quant à l'homme bon, n'ayons à son égard que des remerciements. Bien, et maintenant allons-y! Tu m'autoriseras certainement à emporter le livre. À moins que tu n'aies honte de marcher à mes côtés si, à l'instar de 30 000 Allemands, je tiens aujourd'hui à la main un ouvrage de Tagore.

LE JEUNE ÉCRIVAIN : Pas du tout. Simplement j'aimerais te prier d'ôter la jaquette avec la photographie de Tagore. Il m'est d'une certaine façon pénible de rencontrer ce visage limpide, ces yeux bienveillants à chaque coin de rue comme une affiche pour une eau dentifrice. Je la mettrai très volontiers chez moi pour mon seul usage, mais dans une vitrine elle ne cessera de me déranger en dépit de tout ce qu'on pourra toujours me dire. Et, pour ce qui est de *Sadhāna,* je le lirai avec plaisir, année Tagore ou pas. Tu me le prêteras, j'espère.

LE VIEIL ÉCRIVAIN : Non, pas question ! *Sadhāna* est un livre assez beau pour qu'on le possède personnellement et il faut que tu te l'achètes, quand bien même tu serais le quatre-vingt millième Allemand à le faire.

ADIEU À JOHN DRINKWATER

Faire ses adieux est un art difficile que le cœur se refuse obstinément à apprendre ; chaque nouvelle perte engendre un nouveau sentiment d'oppression. Mais rarement la mort d'un camarade, d'un ami m'a autant surpris et effrayé, m'a autant bouleversé que celle de John Drinkwater. J'aimais beaucoup ce grand poète anglais pour ses vers purs et pleins d'humanité, j'appréciais énormément ses drames, et notamment son *Abraham Lincoln* qui venait de remporter un vif succès à Vienne au Burgtheater, j'admirais en lui, à travers son Prospero ainsi qu'à travers son interprétation d'autres rôles shakespeariens, l'un des acteurs les plus sensibles et les plus intelligents, et l'amitié qui nous unissait — nous qui avions à peu près le même âge — me remplissait de bonheur. Je lui savais gré des bons moments passés dans sa maison accueillante, où l'on rencontrait les artistes les plus remarquables de l'époque et où le talent musical de Daisy Kennedy, sa femme, cette merveilleuse violoniste, contribuait à parachever l'atmosphère créatrice. Mais il y avait encore autre chose de particulier qui expliquait que je fusse à ce point bouleversé : ma dernière rencontre avec lui remontait à deux jours avant sa mort.

C'était le mardi de la semaine précédant Pâques.

Le matin, le téléphone sonna. Il m'appelait pour me dire que cet après-midi-là serait projeté, dans la plus stricte intimité, en l'absence de la presse et de toute publicité, le film *The King's People*, qu'il avait écrit à l'occasion du couronnement [1], et il me demandait si je voulais venir. Je vins bien sûr avec plaisir. La projection n'avait pas lieu dans un cinéma, mais dans un petit studio de la Warner Brothers Company ; en tout quinze à vingt personnes assises dans des fauteuils confortables — on aurait pu se croire à un concert de musique de chambre. En dehors des membres de la famille proche de Drinkwater se trouvaient là les célébrités participant au film, lady Astor et Bernard Shaw, qui à quatre-vingt-un ans était aussi frais qu'à l'accoutumée — personne n'avait pu l'empêcher de venir à pied de son appartement, de son pas raide et rapide. Étaient également présents quelques acteurs, le producteur, enfin Drinkwater lui-même et Penny, sa délicieuse fillette de huit ans qui tient vaillamment un rôle dans le film.

La première scène se passe chez John Drinkwater, car on assiste simultanément à l'élaboration et au film lui-même. Drinkwater apparaît en personne et explique à une journaliste américaine la signification du film, et, pendant qu'il se déroule, discute avec quelques éminents personnages anglais — Austen Chamberlain, lady Astor, Bernard Shaw —, si bien que ces derniers accompagnent en quelque sorte de leurs réflexions les événements compris entre la mort de la reine Victoria et aujourd'hui. Être installé dans la même pièce que des gens vivants dont les ombres noir et blanc parlent et jouent deux mètres plus loin sur un écran, cela a déjà quelque chose de fantomatique. Juste devant moi, la petite

1. Il s'agit du couronnement de George VI, qui accéda au trône après l'abdication (1936) d'Édouard VIII. *(N.d.T.)*

Penny Drinkwater, retenant son souffle, se regardait en train d'embrasser sur l'image mouvante son père, maintenant debout, là à côté d'elle, en chair et en os ; derrière moi Bernard Shaw se contemplait avec un sourire satisfait — ce double reflet de la réalité avait un aspect à la fois grotesque et mystérieux. À un moment, il est vrai, cet étrange envoûtement céda la place à de francs éclats de rire : Bernard Shaw, chez Drinkwater, attend le maître des lieux dans sa bibliothèque et — chose pardonnable de la part d'un homme de quatre-vingt-un ans —, ce faisant, s'assoupit ; Drinkwater le surprend, et ne sait trop s'il doit réveiller le joyeux patriarche. Ce à quoi finalement il se résout, et aussitôt on assiste à un feu d'artifice de paradoxes dignes du meilleur Shaw — merveilleux instant de comédie qui ne saurait être l'œuvre d'un metteur en scène et que seule la réalité peut inventer. Nous applaudîmes tous avec fougue et nous nous retournâmes vers le vrai Bernard Shaw, présent dans la salle, dont les petits yeux pétillaient d'amusement. Impossible d'imaginer ambiance plus détendue, plus drôle.

Mais il se fit subitement un silence oppressé, chacun retenait son souffle dans l'intimité de la petite pièce, comme au passage d'un fantôme. Sur l'écran, la domestique entrait dans le bureau de Drinkwater et annonçait un nouveau visiteur — sir Austen Chamberlain. Tous nous sentîmes malgré nous un malaise nous envahir. Austen Chamberlain était en effet décédé peu de jours auparavant. Voilà que tout à coup un mort devait faire son entrée dans notre cercle de vivants. Et déjà il était là, il s'asseyait confortablement sur une chaise (on l'avait enterré l'avant-veille), il allumait une cigarette et parlait. Il parlait d'une voix distincte et forte, cet homme qui n'était plus, il s'exprimait clairement et avec insouciance. Tous, je crois, nous avions un peu la chair de poule, tous nous nous disions : mais tu es mort, comment peux-tu vivre, bouger, parler ? C'est avec soulagement que nous le vîmes se retirer de la scène et nous fûmes heureux qu'à sa place évoluent de nouveau des vivants : John Drinkwater, massif, lumineux, en pleine santé, prend son enfant dans ses bras et lui explique la signification du couronnement, les idéaux du Commonwealth fondés sur la tolérance et la bonne entente. De l'Hadès on était passé à la lumière et lorsqu'il fit vraiment à nouveau clair dans le studio, une fois que l'écran se fut éteint et qu'on eut allumé les bougies, on serra la main de l'ami, de l'auteur, en le congratulant de tout cœur, on embrassa la mignonne petite Penny de huit ans, on aida respectueusement Bernard Shaw, l'alerte patriarche, à enfiler son manteau, on sortit dans la rue, heureux non plus cette fois de la lumière artificielle mais de celle de la vie.

Le lendemain soir, je songeais encore : il faut que tu envoies quelques lignes à Drinkwater pour le féliciter sincèrement de l'élégance, de l'honnêteté, de la poésie avec lesquelles il a résolu le délicat problème d'un film sur le couronnement qui aurait pu si aisément déraper dans la flagornerie, dans un excès de patriotisme, dans le mauvais goût. Je voulais le remercier pour la confiance qu'il m'avait témoignée en m'intégrant au cercle étroit d'amis à qui était destinée cette avant-première particulièrement intime. Je ressentis — j'ignore pourquoi — d'un seul coup et très violemment le besoin de lui adresser des paroles chaleureuses ; pourtant ce projet fut différé d'un jour. Mais à nouveau — et combien de fois cela m'était-il déjà arrivé ? — je reçus cet avertissement : il ne faut jamais retarder un remerciement, un geste d'amitié, d'une seule journée, fût-ce d'une heure. Le lendemain en effet, dans la rue, une inscription sur une affiche, un de ces grands placards

imprimés en gros caractères me saute aux yeux :
« John Drinkwater : la tragédie. » Quelle « tragédie », me dis-je, plein d'effroi, et j'apprends tout
pour un penny : il est mort cette nuit sans que je
lui aie exprimé ma gratitude, je ne l'ai pas suffisamment remercié pour cet après-midi exceptionnel, ni pour tout ce qu'il m'a apporté sur le plan
poétique. Lui qu'hier encore j'ai vu vivant et
joyeux contempler le jeu de sa propre ombre, le
voilà à présent lui-même parmi les ombres ; et
notre amour l'accompagne tandis que désorientés,
hagards, nous tendons en vain vers lui nos mains
qui retombent, impuissantes à la retenir.

EN SOUVENIR DE THEODOR HERZL

Le Theodor Herzl évoqué ici, je le sais fort bien, n'est en apparence pas celui que connaît l'époque actuelle. Dans ces souvenirs, il sera question d'abord d'un écrivain autrefois célèbre et aujourd'hui tombé dans l'oubli le plus total, dont l'image a été complètement occultée par la figure quasi légendaire du sioniste.

Mais dans les premières années de ma jeunesse il y avait, je peux en témoigner, un écrivain aimé avec passion, révéré en secret ou publiquement dans toute l'Autriche : Theodor Herzl, originaire de Hongrie, né à Budapest ; et je l'estimais depuis longtemps alors que le sionisme n'était qu'une traînée de brume à l'horizon de l'univers des idées. Theodor Herzl était en ce temps-là le premier feuilletoniste de la *Neue Freie Presse* et il enchantait ses lecteurs par des essais empreints d'une légère mélancolie autant qu'étincelants d'esprit, éminemment sensibles et pourtant d'une intelligence cristalline. Les choses légères chez lui devenaient graves ; les choses graves, il savait les présenter de la façon la plus plaisante et la plus accessible, et son scepticisme ironique, joint à la concision de ses aphorismes, montrait combien il avait appris à Paris de celui qu'il vénérait par-dessus tout, Anatole France. Personne mieux que lui n'apportait aux Viennois, sans s'en douter, ce qu'ils attendaient; il leur écrivit même pour le Burgtheater, avec un collègue, une petite comédie exquise composée avec art à partir des meilleurs ingrédients. En outre, c'était un homme d'une remarquable beauté, conciliant, agréable, drôle; bref, au tournant du siècle aucun autre écrivain n'était plus aimé, plus célèbre, plus fêté que lui au sein de toute la bourgeoisie et sans doute aussi de l'aristocratie de la vieille Autriche.

Or cette popularité se trouva soudain violemment ébranlée. Peu avant la fin du siècle, un bruit commença à filtrer (au vrai, personne ne songeait à lire la brochure en question) : ce causeur distingué, élégant et spirituel aurait tout d'un coup écrit un traité abstrus, réclamant ni plus ni moins que les juifs quittent leurs maisons du Ring, leurs villas, leurs magasins, leurs cabinets d'avocat — en un mot qu'ils aillent s'établir avec armes et bagages en Palestine pour y fonder une nation. Ses amis réagirent d'abord en déplorant avec irritation ces « sottises » de la part d'un écrivain pourtant d'ordinaire fort intelligent et bourré de talent. Puis l'affaire prit la tournure que prenait immanquablement toute affaire à Vienne : elle finit dans l'hilarité. Karl Kraus lança contre lui une brochure dont le titre, *Une couronne pour Sion*, fut une flèche que Herzl conserva sa vie durant plantée dans sa chair; lorsqu'il pénétrait dans un théâtre, avec sa belle barbe, grave, le port altier, on entendait murmurer de tous côtés : « Le roi de Sion » ou « Sa Majesté! » ; derrière chaque conversation, dans chaque regard pétillant, il percevait cette ironie; les journaux, dans la mesure où ils n'interdisaient pas purement et simplement que le mot sionisme soit imprimé, à la façon du directeur de la *Neue Freie Presse*, faisaient assaut de quolibets. Personne dans cette ville portée à la raillerie n'a peut-être au début du siècle été autant en butte aux lazzis que Theodor Herzl, si ce n'est cet autre grand homme qui, à la même époque, élabora seul, en toute indépendance, une théorie capitale pour le monde : son éminent compagnon d'infortune, Sigmund Freud, auquel, soit dit en passant, la Faculté ne daigna toujours pas adresser ses vœux à l'occasion de son soixante-dixième anniversaire.

Je vais être franc ; j'avouerai donc que tout mon amour et toute mon admiration pour Theodor Herzl n'étaient destinés également qu'à l'écrivain aujourd'hui tombé dans l'oubli. Depuis le moment où je sus vraiment lire, je lus le moindre de ses articles, j'y appris bien des choses et j'admirais sa culture ; actuellement encore (on ne peut maîtriser les souvenirs d'enfance), j'ai un souvenir aussi net de presque chacun de ses feuilletons que des premiers poèmes de Rilke et de Hofmannsthal que je découvrais alors sur les bancs de l'école. Il représentait pour moi l'autorité ultime, nul jugement ne m'apparaissait plus fondamental et plus vrai que le sien. Ce fut donc tout naturellement que, à peine échappé du lycée, je pensai à lui, et à aucun autre, pour lui soumettre une nouvelle que j'avais écrite, à lui le juge suprême tant aimé. Or je ne le connaissais pas personnellement et je n'avais pas non plus de moyen d'accéder directement jusqu'à lui ; avec l'heureuse naïveté et cette audace que l'on ne possède que dans sa jeunesse, je choisis donc la voie la plus simple : le rencontrer à la rédaction où il exerçait ses fonctions de feuilletoniste. Je m'étais renseigné sur son heure de réception (c'était, je crois, l'après-midi de deux à trois) et un beau jour je me rendis au journal sans autre forme de procès. À mon étonnement, on m'introduisit aussitôt dans une petite pièce très étroite, dotée d'une unique fenêtre, exhalant des vapeurs faites d'un mélange de poussière et d'huile de machine et, soudain, sans avoir eu le temps de m'y préparer, je me retrouvai devant lui. Il se leva poliment et m'offrit un siège à côté de sa table de travail. Dès le premier instant je fus conquis, comme je le fus de nouveau à chacune de mes rencontres avec lui, par cette courtoisie naturelle, véritablement fascinante. Il l'avait acquise en France mais, alliée à son allure majestueuse, elle s'apparentait vraiment à celle d'un roi ou d'un diplomate de haut rang ; il est bien possible que l'idée de devenir un chef n'ait pas uniquement germé dans son esprit mais qu'elle lui ait été comme dictée par son aspect physique. À cause de sa stature on se subordonnait à lui, malgré soi.

Il m'invita de façon très aimable à prendre place et me demanda : « Que m'apportez-vous ? » Je bredouillai tant bien que mal que je voulais lui soumettre une nouvelle. Il la prit, compta les feuilles manuscrites jusqu'à la dernière, puis regarda avec curiosité la première, et se renversa en arrière. Non sans un certain effroi, je constatai qu'il se mettait à lire sur-le-champ en ma présence. Les minutes me parurent longues, et je m'appliquai à les combler en observant de côté, prudemment, son visage. Il était d'une beauté sans faille. Une barbe douce, noire, bien entretenue, lui conférait une forme nette, quasi rectangulaire, où s'intégraient un nez droit, bien planté au milieu, et un front haut, légèrement bombé. Mais cet ensemble peut-être presque trop régulier, d'une plastique trop parfaite, trouvait une profondeur grâce aux yeux délicats, en amande, surmontés de cils lourds, noirs, mélancoliques, des yeux issus du fond des âges de l'Orient dans un visage par ailleurs français, à la Alphonse Daudet, qui aurait pu donner l'impression d'être parfumé ou évoquer un médecin pour femmes ou un « bellâtre », n'était ce supplément d'âme conféré par une mélancolie millénaire. Il paraissait remarquer que je l'observais car à un moment, en tournant une feuille, il

me jeta un coup d'œil pénétrant, dépourvu toutefois de sévérité : il était habitué à ce qu'on le
regarde, peut-être même aimait-il cela. Enfin, il
retourna la dernière page et eut un comportement
singulier : il tassa les feuillets pour les remettre en
ordre, inscrivit dessus quelque chose avec un
crayon bleu, puis il les plaça dans un tiroir à sa
gauche. Alors seulement, à l'issue de tout ce pro-
cessus destiné à l'évidence à attiser l'impatience (il
ne se départait jamais d'un côté merveilleusement
théâtral), il se tourna vers moi et me dit, conscient
de l'importance de ce qu'il annonçait : « La nouvelle est acceptée. »

C'était beaucoup, c'était même inouï, car à cette
époque le feuilleton était encore considéré comme
un sanctuaire réservé aux talents confirmés ou
aux tempes grisonnantes, et seul le jeune Hofmannsthal avait réussi une fois à pénétrer dans ce
territoire sacré. Herzl me posa ensuite toutes
sortes de questions, s'enquit de mes études, mais
notre entretien fut bref par manque de temps et,
en prenant congé de moi, il exprima le souhait de
me voir revenir avec d'autres œuvres. Il publia
effectivement ma nouvelle sans tarder. Il fit même
plus, d'une manière tout aussi inattendue : peu
après, dans un de ses feuilletons, il signala im-
promptu qu'il y avait désormais de nouveau à
Vienne des jeunes gens pleins d'avenir, et cita mon
nom en tête. C'était la première fois que quelqu'un
m'encourageait publiquement de façon pleinement spontanée, poussé par une confiance naturelle et, dans la carrière d'un écrivain, aucun instant n'est peut-être plus décisif, plus inoubliable,
que celui où il reçoit sans s'y attendre une pareille
impulsion. Depuis, je n'ai cessé de me sentir redevable du fait que c'était Theodor Herzl qui avait le
premier cru en moi (davantage par instinct qu'à
cause de ce que j'avais produit) et je lui suis toujours aussi reconnaissant que je l'étais lors de
cette étonnante rencontre initiale.

Il me fut donné par la suite de le revoir à plusieurs reprises — à la vérité pas très souvent car je faisais mes études en Allemagne, et lorsque je venais à Vienne je n'osais, par respect, lui prendre son temps; mais il était rare que, m'apercevant au théâtre, il ne m'abordât pas pour me poser quelques questions aimables sur mon travail. Depuis, sous l'effet de ma reconnaissance envers l'homme, je m'étais familiarisé avec l'idée qui l'occupait de plus en plus. Je me mis à m'intéresser au mouvement sioniste, j'assistai de-ci de-là aux petites réunions qui se déroulaient d'ordinaire dans les sous-sols de café et, à l'université, je rencontrai de plus en plus fréquemment le plus éminent de ses disciples, Martin Buber. Mais je ne parvins pas à établir un véritable lien avec eux, je ne me sentais aucune affinité avec les étudiants pour qui la réparation de l'honneur semblait encore représenter en quelque sorte le noyau du judaïsme, et l'irrévérence — inconcevable aujourd'hui, j'imagine — dont faisaient preuve justement les premiers disciples de Herzl envers leur maître me détourna des soirées de discussion. Les juifs de l'Est lui reprochaient de ne rien entendre au judaïsme, de n'en pas même connaître les usages, pour les économistes il n'était qu'un feuilletoniste, chacun avait quelque chose à lui objecter — et sur un mode où le respect était loin de prévaloir toujours. Un tel manque d'esprit d'obéissance fit que, instinctivement, je restai à l'écart de ce cercle. Je savais à quel point, à cette époque, des individus entièrement soumis, prêts à apporter leur soutien sans mot dire, même à l'encontre de leurs propres opinions, tout particulièrement des jeunes gens, auraient été utiles à Herzl; et cet esprit querelleur, ergoteur, cet esprit de révolte secrète contre Herzl m'éloigna aussitôt du mouvement dont je ne m'étais approché avec curiosité que par amour pour lui. Un jour, alors que nous discutions de ce

sujet, je le lui avouai sans ambages. Il eut un sourire un peu amer et dit : « Ne l'oubliez pas, depuis
des siècles nous sommes habitués à jouer avec des
problèmes, à débattre des idées. Nous les juifs, par
notre histoire, depuis deux mille ans, nous
sommes dépourvus de toute expérience pratique,
nous n'avons jamais donné naissance à quelque
chose de réel. Il nous faut commencer par
apprendre la soumission sans réserve et moi-
même je ne l'ai pas encore apprise puisque je
continue à écrire de temps à autre des articles de
critique et que je suis encore rédacteur du feuilleton de la *Neue Freie Presse*, alors que mon devoir
serait de ne penser qu'à cela, de ne jamais tracer
une ligne pour autre chose. Mais je suis déjà en
train de faire des progrès dans cette voie : je vais
commencer par apprendre moi-même la soumission sans réserve et peut-être les autres l'appren-
dront-ils avec moi. » Je m'en souviens, ces mots
produisirent sur moi une profonde impression car
nous avions tous été malgré nous déconcertés par
le fait que Herzl tarde tant à se décider à abandonner son emploi à la *Neue Freie Presse* — pour sa
famille, pensions-nous. La réalité était autre, et il
avait sacrifié toute sa fortune personnelle à cette
cause : cela, le monde ne l'apprit que bien plus
tard ; et si cette conversation me prouva à quel
point il avait souffert de ce tiraillement, plusieurs
remarques dans son *Journal* me le confirmèrent
également.

Je le vis encore à diverses reprises, mais, parmi
toutes ces rencontres, une seule m'a marqué par
son importance et m'est restée gravée à jamais
dans la mémoire, peut-être parce que ce fut la dernière. J'étais à l'étranger et mes relations avec
Vienne avaient été uniquement d'ordre épistolaire ; un beau jour je le croisai au Stadtpark. Il
venait manifestement de la rédaction, marchait
d'un pas très lent et était légèrement courbé ; dis-

parue la démarche élastique d'autrefois. Je lui
adressai un salut poli et m'apprêtais à continuer
mon chemin, mais, se redressant soudain, il se
dirigea vers moi et me tendit la main : « Pourquoi
vous cachez-vous ? Rien ne vous y oblige. » Il me
félicita de fuir si souvent à l'étranger : « C'est notre
seul recours, dit-il. Tout ce que je sais je l'ai appris
à l'étranger. Il n'y a que là qu'on s'habitue à
prendre de la distance. Je suis convaincu qu'ici
je n'aurais jamais eu le courage de concevoir mon
premier projet, on me l'aurait détruit alors qu'il
n'était qu'en germe, en gestation. Mais, Dieu
merci, lorsque je l'ai ramené, tout était au point et
ils n'ont eu d'autre solution que de s'y faire. » Il
émit ensuite quelques propos très amers sur
Vienne ; c'est dans cette ville qu'il avait rencontré
les résistances les plus acharnées, et n'étaient les
nouvelles impulsions venues de l'extérieur, de
l'Est en particulier, et aussi à présent d'Amérique,
il se serait lassé. « En somme, dit-il, mon erreur a
été d'avoir commencé trop tard. Victor Adler était,
lui, à trente ans, chef de la social-démocratie, dans
ses années de combat les meilleures, les plus
authentiques ; sans parler de ceux qui ont marqué
l'Histoire. J'avais besoin d'un homme jeune, passionné et intelligent qui pense avec moi, qui
m'aide à penser. J'avais d'abord placé mes espoirs
en F., mais il est trop mou, trop apolitique. Si vous
saviez comme je souffre en songeant aux années
perdues, à l'idée que je n'ai pas abordé ma tâche
plus tôt. Si ma santé était à la hauteur de ma
volonté, tout irait bien, mais on ne rachète pas le
temps enfui. » Je fis encore avec lui un bon bout
de chemin, et il s'exprima longuement sur les dif-
ficultés qu'on lui opposait, sur un ton moins aigri
que résigné : il semblait s'être accoutumé à être
sans cesse en butte à de la résistance là où, justement, on ne s'y serait pas attendu. J'essayai de lui
dire quelque chose de réconfortant ; je lui parlai

des répercussions de son idée à l'étranger, de tous ces gens dont le plus cher désir était de lui serrer la main ; puis je lui fis remarquer qu'il devait bien sentir à quel point il s'était dépassé lui-même, jusqu'à parvenir, au-delà de Vienne, de l'Autriche, aux confins les plus reculés de l'univers. Mais il se contenta d'un sourire morne et répliqua : « Eh oui, pour vous, les jeunes gens, l'essentiel a toujours été le succès, la célébrité. Tenez (et de but en blanc il pointa du doigt sa belle barbe, en effet fortement argentée), tenez, débarrassez-moi des poils blancs de ma barbe et de mes cheveux blancs et je vous fais don de toute ma célébrité. » Je l'accompagnai encore longtemps, presque jusqu'à sa maison. Là il s'arrêta, il me tendit la main en disant : « Pourquoi ne venez-vous jamais chez moi ? Vous ne m'avez jamais rendu visite. Téléphonez-moi pour me prévenir, je trouverai toujours le moyen de me libérer. » Je le lui promis, bien décidé à ne pas tenir ma promesse, car plus j'aime quelqu'un, plus je respecte son temps. J'étais fermement décidé à ne pas venir le voir.

Je suis pourtant venu, et ce à peine quelques mois plus tard. La maladie qui commençait alors à le faire ployer l'avait abattu d'un seul coup, et c'est au cimetière que je dus l'accompagner. Il y a de cela exactement vingt-cinq ans. Ce fut une journée singulière, une journée de juillet, inoubliable pour quiconque la vécut. Car soudain, dans toutes les gares de la ville, chaque train amena, de jour comme de nuit, des gens de tous les empires, de tous les pays, des juifs d'Occident, d'Orient, russes, turcs ; ils déferlaient subitement des provinces, des petites villes les plus diverses, portant encore sur leur visage l'effroi provoqué par la nouvelle. Jamais on ne ressentit plus nettement ce que, auparavant, les dissensions et les bavardages avaient occulté : c'était le chef d'un grand mouvement qui disparaissait. Le cortège fut interminable. Vienne constata brutalement que le mort n'était pas qu'un simple feuilletoniste, qu'un écrivain, voire un poète médiocre; c'était un de ces créateurs d'idées comme un pays, un peuple n'en voient se dresser, victorieux, que de loin en loin. Au cimetière, un tumulte se produisit. Ils étaient trop nombreux à affluer brusquement vers son cercueil, en pleurs, poussant des cris, des hurlements, dans une explosion sauvage de désespoir; ce fut un déchaînement proche de la furie. Tout ordre était rompu par une sorte d'affliction élémentaire et extatique que je n'avais jamais vue auparavant et que je n'ai jamais retrouvée lors d'un enterrement. Et l'immense douleur que laissait exploser par vagues, du plus profond de lui-même, ce peuple de plusieurs millions d'âmes me permit de mesurer pour la première fois quelle somme de passion et d'espoir cet homme, à lui seul, avait apportée au monde par la puissance d'une unique idée.

UNE EXPÉRIENCE INOUBLIABLE

Une journée chez Albert Schweitzer

Une journée parfaite est chose rare. Aussi celui qui en vit une, qui a la chance d'être en train d'en vivre une, a-t-il l'obligation d'être particulièrement reconnaissant et de laisser libre cours à sa reconnaissance.

Le matin déjà avait apporté un cadeau de taille. Après tant d'années, on se tenait de nouveau devant la cathédrale de Strasbourg, la plus aérienne peut-être de toute l'Europe. La brume d'hiver précoce qui obscurcissait le ciel et conférait à l'horizon une tonalité mate ne parvenait pas à atténuer l'effet produit; bien au contraire, comme incendiée de l'intérieur dans son grès rose sans pareil, cette dentelle de pierre se dressait avec ses centaines de figures sculptées, d'une radieuse légèreté et pourtant inébranlable, entraînant chacun dans son élan. Si l'extérieur vous comble de joie en vous emportant vers les hauteurs, à l'intérieur vous ressentez avec un étonnement nouveau l'étendue de l'espace clairement structuré que viennent inonder l'orgue et les chants dominicaux : ici également règne la perfection — elle est l'œuvre d'un génie disparu, Erwin von Steinbach, immortalisé par le jeune Goethe avec des paroles qu'on dirait elles aussi taillées dans la pierre.

Puis la suite de la matinée, l'heure de midi ont été consacrées à l'autre splendeur allemande que recèle la terre d'Alsace : destination Colmar afin d'admirer une nouvelle fois, avec un esprit mieux formé mais tout aussi réceptif qu'il y a vingt ans, le retable d'Issenheim de Matthias Grünewald. Contraste grandiose en dépit d'une commune perfection : là-bas la rigueur architecturale des lignes, la musique convertie en pierre, la piété muée en cristal, montrant la voie du ciel et ici, dans ces couleurs de feu, l'extase portée à son comble, des teintes devenues fanatiques, la vision apocalyptique de la chute et de la résurrection. Là-bas le repos de la foi, des efforts lents, constants, humbles en vue de l'accomplissement ultime, ici un élan sauvage, l'ivresse divine, le délire sacré, l'extase faite image. Quand bien même on se serait appliqué cent fois, mille fois, à partir des reproductions les plus remarquables, à approcher le secret extraordinaire de ces panneaux rayonnant d'une puissance démoniaque, ici seulement, face à cette bouleversante réalité, on se sent envoûté corps et âme et on sait qu'on a vu de ses propres yeux l'un des miracles picturaux de notre monde.

On a été confronté à deux chefs-d'œuvre de la création humaine totalement différents et tous deux sans défaut, et le faible soleil de novembre vient à peine d'atteindre son zénith ; la journée est encore entière, le cœur reste disponible, prêt, peut-être même plus intensément, à recevoir des impressions magiques. Il n'est pas si tard qu'on n'éprouve encore la volonté, l'envie, de s'ouvrir à des sensations puissantes et, plein de toutes ses émotions, sans pour autant être rassasié, on prend le chemin d'un petit village alsacien, Gunsbach, dans la cure duquel on va rendre visite à Albert

Schweitzer. Rendre visite à cet homme singulier et merveilleux qui, pour un bref délai, a laissé comme il l'avait déjà fait son œuvre en Afrique afin de se reposer dans le village de son enfance, tout en se préparant à donner encore une fois de lui-même, est une occasion qu'il ne faut en aucun cas manquer, car la perfection, pas plus chez les hommes que dans les œuvres d'art, n'est monnaie courante.

Albert Schweitzer, ce nom éveille aujourd'hui déjà en beaucoup un profond écho, mais chacun ou presque lui associe une signification particulière. Ils sont innombrables ceux qui l'aiment et le vénèrent, la plupart toutefois sous un angle de vue entièrement différent ; cet homme concentre en effet dans sa personne une diversité exceptionnelle, unique au monde. D'aucuns savent simplement qu'il obtint il y a quelques années le prix Goethe ; le clergé protestant admire en lui l'un de ses plus éminents théologiens, l'auteur de *La Mystique de l'apôtre Paul ;* les musiciens le respectent — il est pour eux l'auteur de l'étude la plus importante et la plus sérieuse sur Jean-Sébastien Bach [1] ; les facteurs d'orgue chantent sa gloire, car il connaît comme aucun autre tous les orgues en Europe et a écrit sur leur technique les choses les plus profondes et les plus instructives ; il a l'estime des amateurs de musique qui voient en lui sans doute (avec Günther Ramin) le plus grand virtuose de l'orgue de l'époque contemporaine, et il suffit qu'il annonce un concert pour que, plusieurs jours à l'avance, toutes les places soient vendues. Mais sa plus importante réalisation, cet hôpital qu'il a fondé, créé, dans la forêt vierge africaine, seul, sans aucune aide de l'État, par pur esprit de sacrifice, cherchant simplement à expier

1. Albert Schweitzer, *Jean-Sébastien Bach, le musicien-poète.*

la faute de l'Europe — un tel don de soi unique, exemplaire, lui vaut l'amour et l'admiration de tous ceux qui se préoccupent de l'humanité ; tous ceux-là pour qui il n'est de grandeur dans l'idéalisme que lorsque, dépassant la parole et l'écriture, sous l'effet de l'abnégation, il se transforme en acte. Cet homme profondément modeste est considéré aujourd'hui avec respect par les meilleurs de ce monde comme un modèle moral, et une communauté toujours croissante s'assemble en silence (et sans le moindre programme) autour de lui. Si l'on voulait mesurer ne fût-ce que d'un point de vue extérieur l'étendue de son influence, il ne serait que d'évoquer la diffusion, au cours de ces dernières années, des livres consacrés à sa vie, le plus simple, le plus sobre ayant été écrit par lui-même *(Ma vie et ma pensée)*.

Or cette existence est en vérité réellement digne de faire un jour l'objet d'une biographie héroïque, certes non pas au sens ancien et militaire du terme, mais dans son acception moderne, la seule que nous admettions : un héroïsme moral, le sacrifice entier de la personne à l'idée (et ce en l'absence de tout dogme), cet héroïsme qui s'est incarné en des individus comme Gandhi, Romain Rolland et Albert Schweitzer pour la plus grande gloire de notre siècle. Enfant de deux pays, l'Allemagne et la France, uni à l'une et à l'autre par des liens tellement forts qu'une partie de ses œuvres est rédigée en français et l'autre en allemand, ce fils de pasteur grandit à Gunsbach, obtient en 1899 une charge de prédicateur à Saint-Nicolas de Strasbourg — comprenant toutes les tâches quotidiennes telles que sermons et catéchisme. Deux ans plus tard, il devient docteur en théologie de l'université de Strasbourg à l'issue d'une leçon sur « La doctrine du Logos dans l'Évangile selon saint Jean ». Mais en même temps il suit pendant les mois de vacances l'enseignement du vieux maître

Widor, qui fut l'ami de Wagner, de César Franck et de Bizet. L'activité inlassable de Schweitzer se partage dorénavant entre la musique et la théologie, et de part et d'autre elle s'avère fructueuse, donnant lieu ici à une *Histoire des recherches sur la vie de Jésus* et là à cette monumentale biographie de Jean-Sébastien Bach, inégalée jusqu'à maintenant. Ce véritable virtuose de l'orgue se rend de ville en ville pour en essayer le plus grand nombre possible et pour redécouvrir le secret à demi disparu de ceux qui les fabriquèrent autrefois. Dans ce domaine également ses écrits font autorité. Cette vie pourrait désormais se poursuivre ainsi, bien tracée sur ses deux rails. Or dans sa trentième année Albert Schweitzer prend soudain une décision inattendue qui trouve sa pleine justification dans sa nature profondément religieuse : il veut quitter l'Europe, où il ne se sent pas assez efficace, et fonder en Afrique-Équatoriale, par ses propres moyens, un hôpital destiné aux plus pauvres parmi les pauvres, à ceux qui touchent le fond de l'abandon, aux milliers de nègres qui dépérissent des suites de la maladie du sommeil ou d'autres maux engendrés par les Tropiques.

Parfaite folie, déclarent ses amis, ses parents. Pourquoi l'Afrique ? N'y a-t-il pas suffisamment de misère à soulager en Europe ? Mais la réponse d'Albert Schweitzer, venue du cœur, est : c'est parce qu'en Afrique le travail est le plus difficile. Parce que personne ne se risque là-bas, mis à part ceux qui cherchent à faire des affaires, les aventuriers et les arrivistes, parce que c'est justement là-bas, dans la forêt vierge, là où la vie est chaque jour en danger que, plus qu'ailleurs, l'homme dont l'action repose sur la morale et sur des motifs purs fait le plus défaut. Et puis — idée mystique — cet individu à lui seul veut expier personnellement l'injustice monstrueuse, indicible, commise par nous, les Européens, la race blanche prétendument si cultivée, depuis des siècles, envers le continent noir. Si un jour on écrivait la véridique histoire des crimes auxquels les Européens se sont livrés là-bas, si l'on rappelait comment ils ont martyrisé, pillé, décimé les malheureux fils de l'Afrique, d'abord à travers le trafic d'esclaves, puis par l'alcool, la syphilis, au nom de leur cupidité (aujourd'hui encore, ainsi qu'en témoigne l'ouvrage d'André Gide sur le Congo[1], la situation ne s'est guère améliorée), un tel inventaire historique fournirait matière à l'un des livres les plus infamants pour notre race et nous forcerait pour des décennies à ne plus nous targuer de notre civilisation et à nous montrer modestes. Et voilà que cet homme si religieux s'engage en payant de sa personne à s'acquitter d'une infime partie de cette dette colossale, en fondant un hôpital de mission dans la forêt vierge — enfin quelqu'un qui ne se rend pas sous les Tropiques poussé par l'appât du gain ou pour satisfaire sa curiosité, mais uniquement par philanthropie, afin de porter secours à ceux qui ont atteint le tréfonds du malheur. Cependant, comment pourra-t-il, sans la moindre connaissance sur le plan médical, mener à bien cette entreprise ? Un tel détail ne saurait rebuter une volonté trempée comme celle d'Albert Schweitzer. À trente ans, le professeur de théologie, l'un des plus grands organistes d'Europe, le musicologue encensé rejoint paisiblement sur les bancs de l'école à Paris des jeunes gens de dix-huit ans, fréquente la salle de dissection, entamant, malgré de graves soucis financiers, des études de médecine. En 1911, à l'âge de trente-six ans, il obtient son diplôme. Encore un an de pratique clinique, puis la thèse, et à presque quarante ans il se met en route pour l'autre continent.

1. André Gide : *Voyage au Congo* (1927). *(N.d.T.)*

Il ne manque plus que l'essentiel : l'argent nécessaire à une entreprise aussi considérable, car Albert Schweitzer ne veut en aucun cas de l'assistance du gouvernement français. Il le sait : être assisté signifie être dépendant de fonctionnaires, faire l'objet de contrôles, d'ingérences mesquines, voir la politique s'emparer d'un concept purement humanitaire. Il sacrifie ses droits d'auteur, il donne une série de concerts au profit de son projet, et des amis de sa cause apportent leur contribution. À l'été 1913, il parvient enfin à Lambaréné sur le fleuve Ogooué et commence à construire son hôpital. Les deux ans qu'il projette initialement d'y passer se transforment par la force des choses en quatre ans et demi ; au beau milieu intervient en effet un événement qui touche tous les Européens : la guerre. Brutalement ce chaleureux Samaritain cherchant, de façon désintéressée, à servir une idée humanitaire dans les colonies françaises est contraint de se rappeler que, d'après son passeport, il est, qu'il le veuille ou non, Alsacien, donc Allemand à l'époque ; et à compter du 5 août 1914 il doit se considérer comme prisonnier à l'intérieur de sa mission. Les premiers temps, on l'autorise encore à pratiquer la médecine, mais finalement la bureaucratie militaire se montre inexorable dans sa fureur sacrée à appliquer la loi. Arraché à sa mission africaine où il déploie une activité des plus extraordinaires, Schweitzer est transféré du cœur de la brousse en Europe et il restera une année entière dans les Pyrénées derrière les barbelés, condamné à l'inactivité. À son retour, il trouve le Gunsbach de son enfance détruit, ravagé, les montagnes déboisées et la misère humaine qu'il a décidé de combattre au péril de sa vie multipliée par mille.

Il semble donc que toute son œuvre ait été vaine. Impossible pour l'instant de songer à remettre sur pied l'hôpital africain, il reste des dettes impayées, le monde est encore bloqué et Schweitzer met ces années à profit pour rédiger *Décadence et Restauration de la civilisation* et *La Civilisation et l'Éthique*, ainsi que pour achever l'édition des œuvres de Bach [1]. Mais la détermination de cet homme est indestructible. Il donne concert sur concert; enfin, au bout de cinq ans, il a de nouveau réuni des fonds. En 1924 il retourne à Lambaréné où tout ce qu'il a édifié est en ruine. La jungle a dévoré les bâtiments, il faut en ériger de nouveaux, à un autre emplacement, et d'une taille supérieure. Cette fois-ci sa réputation et la renommée de son œuvre le servent. Car de toutes les puissantes énergies morales il se dégage un rayonnement et, de même que l'aimant magnétise le fer inerte, de même les natures enclines à se sacrifier ont en elles une force qui enseigne aux êtres d'ordinaire indifférents la voie du sacrifice. L'humanité compte toujours en son sein une quantité innombrable d'individus prêts à servir une idée. Un immense idéalisme habite tous les jeunes qui n'attendent que l'occasion de se donner corps et âme à une tâche (ce dont les partis politiques abusent souvent à leur profit); parfois cependant — lorsque la chance sourit, chose très rare — il s'engage pleinement et librement dans un dessein humanitaire comme ici. Une foule de gens s'offrent pour aider Schweitzer; gagnés à son idée, ils veulent œuvrer sous ses ordres, à ses côtés et l'édifice se dresse, plus solide que jamais. Entre 1927 et 1928 Schweitzer s'accorde une nouvelle pause; il passe une année en Europe pour assurer, grâce aux revenus de ses concerts, le maintien matériel de son hôpital. Et ainsi il répartit sa vie entre un continent et l'autre en deux formes d'activité qui évoluent en cercles concentriques et

1. Jean-Sébastien Bach : *Œuvres pour orgue* (en collaboration avec Ch. M. Widor). *(N.d.T.)*

concourent au développement de son œuvre et de sa personnalité.

Rencontrer une nouvelle fois cet homme extra-ordinaire lors de son séjour chez nous en Europe, juste avant son retour en Afrique, était une chance qu'il me paraissait impensable de laisser échapper; le monde est tellement pauvre en figures véritablement convaincantes et exemplaires qu'on ne saurait hésiter à entreprendre un petit voyage. Je n'avais pas vu Schweitzer depuis des années, et des relations épistolaires ne remplacent que très imparfaitement la présence en chair et en os. Je me réjouis donc du plus profond de moi-même de retrouver son regard chaud, clair, cordial. Un peu de gris s'est répandu dans sa chevelure, mais il continue de se dégager un effet superbement imposant de ce visage alémanique sculptural, que la moustache broussailleuse et aussi le front bombé d'intellectuel font vivement ressembler à Nietzsche tel qu'on le représente. Il est dans l'essence même d'un chef de receler en lui une part d'autoritarisme; cependant la confiance en soi d'Albert Schweitzer n'a rien à voir avec la manie de vouloir à tout prix avoir raison : il s'agit simplement de l'assurance intime et visible d'un homme certain d'être sur le bon chemin. La force qui émane de lui n'a jamais rien d'agressif, l'ensemble de sa pensée, de son existence reposant sur une totale adhésion à la vie ou, pour être plus exact, une adhésion à la vie sous toutes ses formes spirituelles et matérielles, donc sur la compréhension, la conciliation, la tolérance. La foi d'Albert Schweitzer, et même sa religiosité, est dépourvue du moindre fanatisme et la première chose dont cet être merveilleux, cet ancien théologien, cet ancien pasteur, fit l'éloge au beau milieu de la conversation, ce furent des textes religieux de philosophes chinois qu'il admire car ils représentent pour lui une des plus hautes manifestations de l'éthique humaine.

Ce fut un riche après-midi ; on feuilleta des photographies de Lambaréné, des infirmières et des assistantes de la mission venues se reposer ici évoquèrent, à travers beaucoup d'épisodes bouleversants et nombre d'autres détails édifiants, l'ineffable travail fourni là-bas par tous ces nouveaux Sisyphes en vue d'endiguer, d'atténuer pour un bref délai seulement la misère humaine qui ne cesse d'affluer. Et de temps à autre, dans la chambre de cet homme infatigable, jonchée de lettres et de manuscrits, on a le bonheur de porter son regard sur ce beau visage viril où l'assurance et le calme forment une unité rare. Ici, on en est conscient, est concentrée une énergie imperceptible pour nous, qui se transforme sur un autre continent en œuvres morales et charitables tout en éveillant et en stimulant chez des milliers d'autres individus des énergies similaires ; et alors même qu'il se détend et bavarde, il est aussi à la tête d'une armée invisible, il est au centre d'un cercle magique qui, sans l'intervention d'une force extérieure et sans recours à la force, a été néanmoins plus puissant, plus efficace que des douzaines de dirigeants politiques, de professeurs et de gens autorisés. Une fois de plus on le constate : une énergie exemplaire a davantage d'impact sur la réalité que tous les mots et tous les dogmes.

Puis ce fut une promenade dans la petite vallée, à travers le village plongé dans la tranquillité dominicale. Depuis longtemps, les cicatrices laissées par la guerre se sont refermées. Sur les flancs des Vosges et sur l'autre versant, le côté allemand où, d'heure en heure, les canons crachaient dans un bruit sourd leurs projectiles toxiques, une lumière vespérale s'étend, paisible. On peut marcher en toute insouciance sur la route qui, il y a quatorze ans encore, n'était plus qu'un tunnel recouvert de paille. Le chemin mène lentement à la petite église ; bien que je n'aie pas osé l'en prier, le grand musicien avait en effet deviné notre désir secret : l'entendre jouer sur le nouvel orgue fabriqué selon ses propres instructions.

L'église de Gunsbach dont il ouvre à présent la porte occupe une place à part parmi les cent mille églises dressées sur le sol européen. Non pas qu'elle soit particulièrement belle ou qu'elle ait une importance quelconque sur le plan de l'histoire de l'art : sa spécificité est d'ordre spirituel et confessionnel, car elle fait partie de ces quarante ou cinquante édifices religieux, comme on n'en rencontre qu'en Alsace et dans quelques localités en Suisse, à être aménagés pour le culte catholique et pour le culte protestant. Le chœur, clos par une petite barrière en bois, est ouvert uniquement pour l'office catholique qui se déroule à une autre heure que le protestant. On voit donc se réaliser ici, sur une terre où les langues allemande et française se fondent naturellement l'une dans l'autre, cette chose en apparence impossible : deux religions peuvent elles aussi se trouver réunies loin de toute haine, dans une maison du Seigneur devenue en quelque sorte terrain neutre, et Albert Schweitzer d'expliquer que, dès son enfance, cette association pacifique réussie a été déterminante pour sa conception de l'existence.

L'obscurité règne déjà à l'intérieur de l'église totalement vide lorsque nous entrons, et nous n'y changerons rien. Une unique petite ampoule sera allumée au-dessus des claviers de l'orgue. Elle éclaire simplement les mains de Schweitzer qui se mettent à courir sur les touches, et sur son visage incliné, pensif, se projettent des reflets imprécis, magiques. Et maintenant Albert Schweitzer joue, pour nous seuls, dans l'église déserte noyée dans la nuit, son Jean-Sébastien Bach tant aimé. Expérience à nulle autre pareille ! Je l'avais déjà entendu auparavant, lui le maître qui éclipse tous les virtuoses, au milieu de mille autres spectateurs, à Munich lors d'un concert d'orgue. Sur le plan technique la perfection était sans doute la même, mais jamais je n'ai ressenti aussi vivement qu'ici, dans cette église protestante, la violence métaphysique de Jean-Sébastien Bach, éveillée par un homme profondément religieux et façonnée par lui dans un don complet de soi. Comme en rêve, et pourtant avec une précision experte, les doigts filent dans l'obscurité sur les touches blanches tandis que s'élèvent du buffet d'orgue, immense cage thoracique animée, telle une voix humaine, surhumaine, les sons engendrés par eux. Dans cette combinaison d'un ordre grandiose et d'une exubérance extrême on ressent la perfection de la fugue aussi immuable que l'était ce matin la cathédrale de Strasbourg dans sa pierre, aussi étincelante, extatique que le retable de Matthias Grünewald dont les couleurs nous brûlent encore les yeux. Schweitzer joue pour nous la cantate de l'Avent, un choral, puis il improvise; doucement, mystérieusement, le sombre habitacle de l'église se remplit d'une musique sublime qui pénètre en même temps au fond de nos cœurs.

Une heure de pure exaltation; et le chemin du retour, pourtant déjà plongé dans l'obscurité, semble briller d'un éclat plus intense. Le repas du soir est à nouveau l'occasion d'une longue et belle conversation, une conversation réchauffée par le sentiment d'une présence véritablement humaine et par cette autre présence invisible, celle de l'art, qui sait éloigner de nous de façon irrésistible, merveilleuse, les contingences de la vie quotidienne, tout ce que la politique a de répugnant. Enfin, il faut rentrer à Colmar et, dans le train qui traverse une fois de plus la nuit, on est en proie à une émotion pleine de reconnaissance, et comme grandi. En un jour on a été confronté à l'un des joyaux de l'architecture allemande, la cathédrale

de Strasbourg, au chef-d'œuvre de la peinture allemande, le retable d'Issenheim, et pour finir à cette
cathédrale invisible, la musique de Jean-Sébastien
Bach, édifiée par l'un des plus grands maîtres de
notre temps. Une journée aussi achevée permet de
retrouver la foi face à l'époque la plus hostile.
Mais le train poursuit sa course à travers la terre
d'Alsace et voilà que soudain on sursaute, car les
noms des gares criés au-dehors éveillent des souvenirs oppressants : Sélestat, Mulhouse, Thann.
Ils sont restés présents dans nos mémoires à travers les bulletins de l'armée : ici 10 000 morts, là
15 000, et là-bas dans les Vosges, dont la silhouette argentée évoque des fantômes errant dans
les brumes, 100 000 ou 150 000, tombés sous les
baïonnettes, sous les balles, gazés, empoisonnés,
victimes d'une haine, d'une guerre fratricides. Et
on se reprend à désespérer, incapable de comprendre pourquoi cette même humanité qui produit
les chefs-d'œuvre les plus étonnants, les plus
inconcevables dans le domaine spirituel, n'a pas
appris depuis tant de milliers d'années à maîtriser
le secret le plus simple : maintenir vivant l'esprit
d'entente entre les hommes de tous horizons qui
ont en commun d'aussi impérissables richesses.

JAURÈS

C'est il y a huit ou neuf ans, dans la rue Saint-Lazare, que je le vis pour la première fois. Il était 7 heures du soir, l'heure à laquelle la gare, cette masse d'acier noire avec son cadran étincelant, se met à attirer la foule, tel un aimant. Les ateliers, les maisons, les magasins déversent d'un seul coup l'ensemble de leurs occupants dans la rue et tous affluent, sombre fleuve impétueux, en direction des trains qui les emportent, loin de la ville enfumée, vers la campagne. Accompagné d'un ami, avec peine, je me frayais lentement un passage à travers la vapeur suffocante et oppressante dégagée par ces hommes, quand soudain il me poussa du coude : « Tiens ! v'là Jaurès ! » Je levai les yeux, mais il était déjà trop tard pour saisir la silhouette de celui qui venait de passer devant nous. Je ne vis de lui qu'un dos large comme celui d'un portefaix, d'imposantes épaules, une nuque de taureau courte et massive, et ma première impression fut celle d'une force paysanne que rien ne saurait ébranler. La serviette sous le bras, le petit chapeau rond posé sur sa tête puissante, un peu courbé à l'image du paysan derrière sa charrue, avec la même ténacité, il progressait peu à peu, de son pas lourd et imperturbable, à travers la foule impatiente. Personne ne reconnaissait le grand tribun, des jeunes gens filaient devant lui en jouant des coudes, des gens pressés le dépassaient, le bousculant dans leur course ; son allure restait la même, fidèle à son rythme pesant. La résistance de ces flots noirs et houleux venait se briser comme sur un bloc de rocher devant ce petit homme trapu qui suivait son propre chemin et labourait son champ personnel : la foule obscure, inconnue de Paris, le peuple qui se rendait à son travail et qui en revenait.

De cette fugitive rencontre je ne gardai que la sensation d'une force inflexible, solidement terrienne, allant droit au but. Je ne devais pas tarder à le voir de plus près et à découvrir que cette force était un simple élément de sa personnalité complexe. Des amis m'avaient invité à leur table, nous étions quatre ou cinq dans un espace exigu. Soudain il entra, et de cet instant tout fut à lui : la pièce qu'il remplissait de sa voix ample et sonore, et notre attention tant visuelle qu'auditive, car si grande était sa cordialité, si éclatante, si brûlante de vitalité sa présence que chacun, stimulé malgré soi, sentait sa propre vigueur s'accroître.

Il arrivait directement de la campagne ; son visage large, ouvert, dans lequel de petits yeux enfoncés lançaient néanmoins des éclairs vifs, avait les couleurs fraîches du soleil, et sa poignée de main était celle d'un homme libre, non pas polie, mais chaleureuse. Jaurès paraissait alors d'humeur particulièrement joyeuse ; il avait, en travaillant au-dehors, piochant et bêchant son bout de jardin, à nouveau transfusé dans ses veines une énergie et une vivacité qu'à présent, avec toute la générosité de sa nature, il prodiguait en se prodiguant lui-même. Il avait à l'intention de chacun une question, une parole, un geste affectueux avant de parler de lui-même, et c'était merveilleux de voir comment, à son insu, il commençait par créer chaleur et vie autour de lui pour pouvoir ensuite, dans ce climat, laisser libre cours à sa vitalité créatrice.

Je me souviens encore nettement de l'instant où, tout à coup, il se tourna vers moi, car c'est alors que je plongeai pour la première fois mes yeux dans les siens. Petits, et malgré leur bonté éveillés et perçants, ils vous assaillaient sans que cela fût douloureux, ils vous pénétraient sans être importuns. Il prit des nouvelles de quelques-uns de ses amis socialistes viennois ; à mon grand regret je dus avouer que je ne les connaissais pas personnellement. Il me posa ensuite des questions au sujet de la baronne Suttner[1], pour laquelle il semblait avoir une très grande estime, et il voulut savoir si chez nous elle avait une influence effective, vraiment sensible, dans les cercles littéraires et politiques. Je lui répondis — et je suis aujourd'hui plus que jamais certain de ne pas avoir exprimé simplement mes propres impressions, mais de lui avoir dit la vérité — que chez nous on n'avait que peu de réelle considération pour le merveilleux idéalisme de cette femme d'une noblesse exceptionnelle. On l'estimait, mais avec un léger sourire de supériorité, on respectait ses convictions, sans pour autant se laisser convaincre dans son for intérieur et, tout compte fait, on trouvait quelque peu lassant son entêtement perpétuel à défendre une seule et même idée. Et je ne lui cachai pas combien je déplorais de voir justement les meilleurs de nos écrivains et de nos artistes la considérer comme une insignifiante marginale.

Jaurès sourit et dit : « Mais c'est précisément comme elle qu'il faut être : opiniâtre et coriace

1. Bertha von Suttner (1843-1914). Pacifiste autrichienne dont le roman *Bas les armes* connut un très grand succès. Elle obtint en 1905 le prix Nobel de la paix. *(N.d.T.)*

dans son idéal. Les grandes vérités n'entrent pas d'un seul coup dans la cervelle des hommes, il faut les enfoncer, sans relâche, clou après clou, jour après jour ! C'est là une tâche monotone et ingrate, et pourtant ô combien nécessaire ! »

On passa à d'autres sujets et la conversation ne cessa d'être animée tant qu'il resta parmi nous car, quelle que fût la nature de ses propos, ils venaient de l'intérieur, ils jaillissaient, brûlants, du fond de sa poitrine, de son cœur ardent, de toute cette plénitude de vie accumulée, amassée en lui, d'un prodigieux mélange de culture et de force. Le large front bombé conférait à son visage importance et sérieux, le regard franc et clair ajoutait au sérieux une touche de bonté, une atmosphère bienfaisante de jovialité presque bonhomme émanait de cet être puissant, même si l'on ressentait toujours en même temps que, sous l'effet de la colère ou de la passion, il serait capable de cracher le feu comme un volcan. Une impression ne me quittait pas : sans toutefois jouer la comédie, il contenait la force qui était en lui, le contexte était trop insignifiant pour qu'il pût s'épanouir (quelle que fût la part qu'il prît à la conversation), nous étions trop peu nombreux pour le pousser à donner toute sa mesure et l'espace trop exigu pour sa voix. Quand il riait, la pièce se mettait en effet à vibrer. Elle était comme une cage pour ce lion. À présent, je l'avais approché, je connaissais ses livres — un peu à l'image de son corps par leur ampleur ramassée, leur côté massif —, j'avais lu beaucoup de ses articles qui me permettaient de deviner l'impétuosité de ses discours et cela ne faisait qu'augmenter mon désir de voir et d'entendre également un jour dans son univers à lui, dans son élément, cet agitateur, ce tribun du peuple. L'occasion ne tarda pas à se présenter.

Le climat politique était redevenu étouffant, ces

derniers temps les relations entre la France et l'Allemagne avaient été chargées d'électricité. Un nouvel incident s'était produit, la susceptibilité française avait saisi une vague raison pour s'enflammer une fois de plus comme une allumette. Je ne me rappelle plus si c'était le *Panther* à Agadir, le zeppelin en Lorraine, l'épisode de Nancy, mais l'air était plein d'étincelles. À Paris, dans cette ambiance de perpétuelle effervescence, on ressentait alors ces signes météorologiques avec infiniment plus d'intensité que sous le ciel d'Allemagne, d'un bleu idéaliste. Les vendeurs de journaux, par leurs cris perçants, divisaient les esprits sur les boulevards ; avec leurs paroles bouillantes, leurs manchettes fanatiques, les journaux fouettaient l'opinion, ils contribuaient à accroître l'excitation à grands coups de menaces et de persuasion. Certes les manifestes fraternels des socialistes français et allemands étaient collés sur les murs, mais à la vérité ils y restaient rarement plus d'un jour : la nuit, les camelots du roi les arrachaient ou les salissaient de leurs sarcasmes. En ces journées de trouble je vis annoncé un discours de Jaurès : à l'instant du danger il était toujours présent.

Le Trocadéro, la plus grande salle de Paris, devait lui servir de tribune. Ce bâtiment absurde, ce mélange saugrenu de style oriental et européen, reste de l'ancienne Exposition universelle, qui, avec ses deux minarets, fait signe par-delà la Seine à un autre vestige historique, la tour Eiffel, offre à l'intérieur un espace vacant, sobre et froid. Il sert le plus souvent à des manifestations musicales et, en de rares occasions, à l'art oratoire, car le vide absorbe presque entièrement les mots. Seul un Mounet-Sully, de sa voix tonitruante, pouvait lancer ses paroles de la tribune jusqu'en haut des galeries comme un câble au-dessus de l'abîme. C'était là que cette fois Jaurès devait parler et la salle gigantesque commença tôt à se remplir. Je ne sais plus si c'était un dimanche, mais ils avaient revêtu leurs habits de fête, ceux qui d'ordinaire sont à l'œuvre en blouse bleue derrière une chaudière, dans les usines, les ouvriers de Belleville, de Passy, de Montrouge et de Clichy, pour entendre leur tribun, leur guide. Bien avant l'heure, l'espace immense était noir de monde ; point de trépignements d'impatience ainsi que dans les théâtres à la mode, de ces cris scandés avec accompagnement de canne : « *Le rideau ! Le rideau !* » réclamant le début de la représentation. La foule ondoyait simplement, puissante, agitée, pleine d'espoir et pourtant parfaitement disciplinée — spectacle déjà en lui-même inoubliable et lourd de destin. Puis un orateur s'avança, la poitrine barrée par une écharpe, et annonça Jaurès. On l'entendit à peine mais aussitôt le silence se fit, un immense silence habité. Et il entra.

De son pas lourd et ferme que je lui connaissais déjà, il monta à la tribune et, tandis qu'il montait, le silence absolu se transforma en un grondement de tonnerre extasié en signe de bienvenue. La salle entière s'était levée et les acclamations étaient bien plus que des sons émis par des voix humaines, elles exprimaient une reconnaissance tendue, accumulée depuis longtemps, l'amour et l'espoir d'un monde ordinairement divisé et déchiré, muré dans son silence et sa souffrance. Jaurès dut attendre plusieurs longues minutes avant que sa voix puisse se détacher des milliers de cris qui faisaient rage autour de lui. Il dut attendre, attendre encore, avec constance, grave, conscient de l'importance du moment, sans le sourire aimable, sans le feint mouvement de recul propre aux comédiens en de pareilles circonstances. Alors seulement, lorsque la vague s'apaisa, il commença à parler.

Ce n'était pas la voix de naguère qui mêlait amicalement au cours de la conversation plaisanterie et propos sérieux ; c'était à présent une autre voix, forte, mesurée, nettement marquée par le rythme de la respiration, une voix métallique qu'on aurait dite d'airain. Il n'y avait en elle rien de mélodique, rien de cette souplesse vocale qui, chez Briand, son redoutable camarade et rival, séduit tellement, elle n'était pas lisse et ne flattait pas les sens, on ne sentait en elle qu'acuité, acuité et résolution. Parfois il arrachait, telle une épée, un mot de la forge ardente de son discours et le jetait dans la foule qui poussait un cri, atteinte au cœur par la violence de ce coup. Aucune modulation dans cette emphase ; peut-être manquait-il à cet orateur à la nuque courte un cou souple qui pût affiner la mélodie de son organe. On avait l'impression qu'il avait la gorge dans la poitrine, et cela expliquait aussi pourquoi on ressentait à un tel point que ses paroles venaient de l'intérieur, puissantes et agitées, issues d'un cœur non moins puissant et agité, souvent encore haletantes de colère, tressaillant toujours sous l'effet des battements vigoureux auxquels était soumis son large thorax. Et ces vibrations se propageaient dans toute sa personne, elles manquaient presque le chasser de la tribune ; il marchait en long et en large, levait un poing fermé contre un ennemi invisible puis le laissait retomber sur la table comme pour l'écraser. Toute la pression accumulée en lui montait de plus en plus dans ce va-et-vient de taureau furieux et, sans qu'il le veuille, le rythme acharné de cette formidable exaltation s'imposait à la foule. Des cris de plus en plus forts répondaient à son appel et quand il serrait le poing beaucoup d'autres peut-être suivaient son exemple. La vaste salle froide et nue se trouvait d'un seul coup remplie par la fièvre apportée par ce seul homme, cet homme vigoureux, vibrant sous l'effet de sa propre force. Inlassablement sa voix stridente résonnait, pareille à une trompette, au-dessus des sombres régiments de travailleurs et les entraînait à l'action. J'écoutais à peine ce qu'il disait, mon attention n'était attirée, au-delà du sens de ses propos, que par la violence d'une telle volonté et mon sang se mettait à bouillir en moi, si étranger que je fusse, moi l'étranger, à cette affaire. Mais je ressentais la présence d'un homme avec une intensité jusque-là inconnue de moi, je ressentais sa présence et la formidable puissance qui émanait de lui. Car derrière ces quelques milliers de gens en ce moment sous son charme, soumis à sa passion, il y en avait encore des millions à qui sa puissance parvenait, transmise par l'électricité d'une volonté inlassable, la magie de la parole — les innombrables légions du prolétariat français, mais aussi leurs camarades par-delà les frontières : les ouvriers de Whitechapel, de Barcelone et de Palerme, de Favoriten et de St. Pauli [1], de tous les horizons, des quatre coins du monde, confiants en celui qui était leur tribun et prêts à chaque instant à fondre leur volonté dans la sienne.

Avec son corps trapu, taillé à coups de hache, ses larges épaules, Jaurès ne pouvait guère passer pour un véritable représentant de la race gauloise aux yeux de ceux qui n'associent le Français type qu'à l'idée de délicatesse, de sensibilité et de souplesse. Et pourtant c'est exclusivement en tant que Français, attaché à son sol, dans son contexte, en tant que dernier représentant d'une longue lignée, qu'on peut l'appréhender tout entier. La France est le pays des traditions. Il est rare que là-bas un grand phénomène, une personnalité importante

1. Favoriten est un quartier de Vienne, St. Pauli un quartier de Hambourg. *(N.d.T.)*

soient complètement nouveaux : chacun est relié inconsciemment au passé, chaque événement a son pendant. (On trouvera sans peine des analogies avec 1793 dans le fanatisme actuel, dans la fureur aveugle à répandre le sang pour défendre une unique idée.) C'est sur ce point que divergent la nature de la France et celle de l'Allemagne. Sans relâche la France se reproduit, tel est le secret du maintien de sa tradition, c'est pour cela que Paris forme un tout, que sa littérature tourne en circuit fermé, que son histoire interne est marquée par une répétition rythmique de flux et de reflux, de révolution et de réaction. L'Allemagne en revanche se développe et se transforme sans relâche, et là réside le secret de l'accroissement constant de sa force. En France, on peut, sans dénaturer la réalité, tout ramener à des analogies. C'est chose impossible en Allemagne, car jamais ici on ne retrouve les mêmes conditions psychiques ; entre 1807, 1813, 1848, 1870 et 1914 d'énormes changements ont modifié de fond en comble son art, son architecture, sa structure. Même chacun de ses habitants est unique en son genre et a quelque chose de nouveau. Il n'y a pas de précédents dans l'histoire allemande pour Bismarck, Moltke, Nietzsche et Wagner, et les hommes engagés dans cette guerre sont, de leur côté, à l'origine d'un type d'ordre nouveau, et non pas des répliques de l'ordre ancien.

En France, une personnalité importante est rarement seule de son espèce. Jaurès, lui non plus, ne l'était pas. Or c'est cela qui fait justement de lui un authentique Français, rejeton d'une famille de pensée qui remonte à la Révolution et possède des représentants dans tous les arts. Il y a toujours eu dans ce pays, au sein d'une majorité d'êtres délicats, de complexion fragile et raffinée, une race d'hommes robustes, sanguins, aux larges épaules, à la nuque de taureau, de massifs petits-fils de paysans. Eux aussi sont des grands nerveux, mais leurs nerfs semblent perdus dans leurs muscles ; eux aussi sont sensibles, mais leur vitalité l'emporte sur leur sensibilité. Mirabeau et Danton sont les premiers spécimens de ces tempéraments fougueux, Balzac et Flaubert leurs fils, Jaurès et Rodin les petits-fils. Chez tous on retrouve une large ossature, une vigueur, une volonté étonnantes. Quand Danton monte à la guillotine, c'est l'échafaud entier qui tremble, lorsqu'on veut porter en terre le gigantesque cercueil de Flaubert, la tombe s'avère trop étroite ; le fauteuil de Balzac est construit pour supporter deux personnes et en parcourant l'atelier de Rodin on ne parvient pas à comprendre comment deux mains humaines ont pu créer cette forêt de pierre. Loyaux, honnêtes, ils accomplissent tous un travail de titan et ils partagent le même sort : ils sont mis à l'écart par les esprits adroits, rusés, habiles, raffinés. La tâche colossale à laquelle Jaurès consacra sa vie fut elle aussi contrecarrée : grâce à sa souplesse, Poincaré l'emporta sur lui, qui était pourtant le plus fort.

Mais ce Français de vieille souche — et Jaurès l'était indéniablement — était imprégné de la philosophie allemande, de la science allemande, de l'âme allemande. Rien n'autorise les générations suivantes à soutenir *qu'il aimait l'Allemagne ; cependant une chose est certaine : il connaissait l'Allemagne, ce qui, en France, est déjà beaucoup*. Il connaissait des Allemands, des villes allemandes, des livres allemands, il connaissait le peuple allemand et à l'étranger il était l'un des rares à en connaître la force. C'est pourquoi peu à peu une angoisse s'était emparée de lui, une pensée avait dominé son existence : empêcher la guerre entre ces deux puissances, et son activité au cours des dernières années avait eu un seul but : rendre cet instant impossible. Il n'avait cure des invectives, acceptait avec patience qu'on l'appelât le « *député de Berlin* », l'émissaire du kaiser Guillaume, il laissait les soi-disant patriotes le railler et réservait ses attaques impitoyables à ceux qui ourdissaient la guerre, qui excitaient les esprits, qui attisaient la haine. Il ne nourrissait ni l'ambition de l'avocat socialiste Millerand d'avoir la poitrine bardée de décorations ni celle de son camarade d'autrefois, Briand, le fils d'aubergiste, qui passa du rôle de meneur à celui de dictateur ; à aucun moment il ne voulut emprisonner sa large poitrine dans un habit chamarré. Son unique ambition fut de préserver un prolétariat confiant en lui, et la terre entière de la catastrophe qu'il entendait se préparer, creusant mines et galeries sous ses propres pieds, dans son propre pays. Tandis que, avec tout l'élan d'un Mirabeau, l'ardeur d'un Danton, il pourfendait les provocateurs, il était obligé en même temps de faire barrage dans son propre parti au zèle excessif des antimilitaristes, surtout à celui d'un Gustave Hervé appelant alors à la révolte par des cris tout aussi perçants que ceux par lesquels il réclame actuellement, jour après jour, la « victoire finale ». Jaurès les dominait tous, il ne voulait pas la révolution, car elle aussi ne pouvait être gagnée qu'en versant le sang, ce dont il avait horreur. En bon disciple de Hegel il croyait à la raison, à un progrès sensé, fruit de la persévérance et du travail. Pour lui le sang était sacré et la paix des nations était son credo. Le travailleur vigoureux et infatigable qu'il était avait pris sur lui la charge la plus lourde : rester pondéré dans un pays saisi par la passion, et à peine la paix fut-elle menacée qu'il se dressa comme d'habitude, sentinelle sonnant l'alarme dans le danger. Le cri destiné à réveiller le peuple de France était déjà dans sa gorge quand il fut jeté à terre par ces gens de l'ombre qui connaissaient sa force inébranlable, et dont il connaissait les projets et l'histoire. Tant qu'il montait la garde, la frontière était sûre. Ils le savaient. Il fallut qu'il ne fût plus qu'un cadavre pour que la guerre se déchaîne et que sept armées allemandes s'enfoncent sur le territoire français.

L'ODYSSÉE ET LA FIN
DE PIERRE BONCHAMPS [1]

La tragédie de Philippe Daudet

Pierre Bonchamps n'a vécu que cinq jours et ne s'est jamais appelé ainsi : derrière ce nom d'emprunt se cachait un garçon désemparé, fugitif, et ce fut aussi le titre d'une grande tragédie sur laquelle un des procès les plus animés et les plus passionnés de notre époque se montra incapable de faire entièrement la lumière. Mais, en raison justement du caractère incompréhensible, insensé et impénétrable de ce cas, la crise de puberté fougueuse d'un individu devient représentative de tant d'autres restées dans l'ombre. Il pourrait donc ne pas être inutile de confronter, sans la moindre passion, toutes les interprétations politiques délirantes aux faits énoncés lors de ce procès dans leur déroulement à la fois étonnant et précis.

Le 20 novembre 1923, le jeune Philippe Daudet, âgé de quatorze ans et demi, fils du député et royaliste fanatique Léon Daudet, petit-fils

1. Le faux nom de Philippe Daudet fut en réalité *Pierre Bouchamp. (N.d.T.)*

d'Alphonse Daudet, se lève à l'heure habituelle, quitte la chambre qu'il partage avec sa mère et s'en va sans que l'on puisse déceler dans son au revoir quoi que ce soit d'anormal.

Or, à la place de ses livres, il emporte un sac à dos, au lieu d'aller à l'école où la veille il avait remis à son professeur de latin un invraisemblable devoir, il se rend directement à la gare Saint-Lazare avec l'intention de partir pour Le Havre puis, de là, pour le Canada. Tout son avoir se résume à un peu de linge et à la somme de 1 700 francs dérobée dans l'armoire de ses parents. Au Havre, le lycéen en fuite descend dans un petit hôtel et s'inscrit sous le nom de Pierre Bonchamps. À partir de ce moment commence son existence propre, il n'est plus le fils de famille Philippe Daudet, protégé et adulé; il est devenu quelque chose de nouveau, d'autonome, un aventurier qui se prépare à affronter le monde. Cependant, dès les premiers pas, il se heurte violemment à la réalité. À l'agence maritime du Canada il apprend avec horreur que les 1 700 francs sont loin de suffire pour la traversée. Si l'ex-Philippe Daudet a appris à conjuguer les verbes grecs, connaît l'histoire de César et de Vercingétorix, sait utiliser les tables de logarithmes et rédiger de bonnes dissertations, où aurait-il pu apprendre que pour accéder au Nouveau Monde on a besoin d'un passeport, d'un visa, de pièces justificatives, qu'une somme, hier faramineuse aux yeux du lycéen, ne permet pas aujourd'hui à Pierre Bonchamps de franchir l'Océan? Effaré, il retourne à son petit hôtel, le monde l'a rejeté; pour la première fois, l'Étranger, cette idée tout auréolée de romantisme, se révèle à lui comme un abîme de ténèbres et de solitude. Dans sa détresse il se raccroche au premier venu, se lance dans de longues conversations avec le domestique, la femme de chambre, qui éprouvent une étrange sympathie à l'égard de ce grand échalas derrière la nervosité duquel ils flairent immédiatement la tragédie. Le soir il s'enferme dans sa chambre, il lit et écrit. Le lendemain, le 21, deuxième jour de sa nouvelle existence, il assiste de bon matin à la messe (ultime tentative peut-être pour obtenir de Dieu un miracle), puis il erre, sans but, dans les rues autour du port, rentre l'après-midi à l'hôtel, se remet à lire et à écrire, notamment une lettre qu'il déchirera ensuite. Le lendemain matin, le 22, troisième jour, il s'en va, non sans avoir serré au préalable la main de son unique ami, le domestique, et après lui avoir dit de garder en souvenir les livres restés dans la chambre.

Il y a dans le comportement de ce jeune garçon angoissé quelque chose d'éperdu qui attire l'attention de ces braves gens. En nettoyant la chambre qu'il a quittée, ils trouvent dans la corbeille à papier les morceaux de la lettre déchirée. Curieux, ils assemblent les fragments et lisent avec effroi :

« Mes parents chéris, pardon, oh! pardon pour la peine immense que je vous ai faite. Je ne suis qu'un misérable et qu'un voleur. Mais j'espère que mon repentir effacera cette tache. Je vous renvoie l'argent que je n'ai pas dépensé et je vous supplie de me pardonner. Quand vous recevrez cette lettre, je ne serai plus vivant. Adieu, mais je vous adore plus que tout. Votre enfant désespéré, Philippe. » Suit un bref post-scriptum : « Embrassez de ma part Claire et François, mais ne leur dites jamais que leur frère était un voleur. »

Ces braves gens sentent leur main trembler. Leur première idée est de courir à la police afin d'empêcher, dans la mesure du possible, le suicide, ou d'informer les destinataires de la lettre. Mais l'adresse les remplit d'épouvante. Bien au-delà de Paris, Léon Daudet est redouté pour ses manières agressives, fâcheusement célèbre pour sa véhémence, il peut haïr mortellement. Lui annoncer que son fils est un voleur ne saurait entraîner que de pénibles complications. Ils cachent donc la lettre. Et, comme tant de fois sur cette terre, un homme va périr à cause de la lâcheté des autres, à cause de la crainte d'un menu désagrément — par indolence du cœur.

Pourquoi Philippe s'est-il enfui, pourquoi a-t-il quitté la maison paternelle, pourquoi est-il devenu Pierre Bonchamps ? Haine du père ? Crise nerveuse ? Peur du professeur de latin ? Envie d'aventure ? — autant de motivations pathologiques fréquentes à la puberté. Aucune lettre, aucune phrase de son journal intime n'apporte une réponse claire. Mais on trouve quelques révélations concernant sa confusion intérieure dans des notes écrites par lui, le soir précédant sa fugue, d'une main enfantine et malhabile, dans un cahier d'écolier bleu dont il fit le présent, peu de temps avant sa mort, à Paris, à une personne rencontrée par hasard. Ce sont de petits poèmes en prose, à l'évidence inspirés par Baudelaire et intitulés, tout à fait dans l'esprit du maître en satanisme, « Les parfums maudits » — des poèmes dont la valeur littéraire ne semble pas s'imposer mais singulièrement révélateurs quant aux troubles de la puberté. J'en citerai trois.

Fille des Néréis. « Nous avons dansé ensemble dans une infâme boîte de Montmartre. Et depuis lors je l'ai revue bien souvent. Ce n'est qu'une putain, mais elle le sait. C'est la fille d'un ancien Premier ministre russe, et quand elle est ivre de danses, de cocktails et d'amour, elle chante comme jamais les sirènes n'ont chanté. »

Filles perdues. « J'ai passé une nuit avec des filles perdues. J'ai oublié leurs visages, je ne me souviens que de leurs corps brutaux, pollués tant de fois, mais corps de femmes et comme l'a dit Villon "si doux et si purs...". »

Départ. « Mon âme tressaille de plaisir à l'idée

de tout ce qu'elle va goûter. Devant mes yeux repassent les soleils de Provence, les belles filles brunes, les hommes gais et hardis et les ciels brumeux du Nord, et les neiges et la tristesse perpétuelle. Tout cela je le vivrai. Je n'aurai qu'à laisser vibrer la corde que tout homme porte en lui et je serai heureux, si toutefois nous pouvons l'être !

« Adieu ma vieille maison !

« Adieu, ô mes parents !

« Personne ne comprendra pourquoi je suis parti, personne ne devinera les sentiments qui m'ont poussé. Deux jours encore, et, tel l'oiseau à son premier vol, je partirai pour les terres lointaines, les sentiments nouveaux et l'aventure [1]. »

« Personne ne devinera les sentiments qui m'ont poussé... »

Elle est devenue réalité, cette petite poésie d'écolier, et aucun procès ne pourra jamais éclairer les ténèbres de ce cœur d'enfant chaviré par un foehn précoce. Oui, elle est cruellement devenue réalité, cette petite poésie.

Lorsque, au cours du procès, les notes de l'adolescent de quatorze ans et demi sont divulguées, le père, Léon Daudet, exaspéré, s'emporte : « Comment est-il possible, s'écrie-t-il, que mon fils Philippe ait remis son manuscrit à un parfait inconnu, un manuscrit que même à nous il n'avait jamais montré ? » Ce cri est autant caractéristique des parents que la poésie l'était de l'enfant. Ils sont incapables de comprendre ce qui est justement le plus évident : les enfants préfèrent livrer leurs secrets au premier étranger venu plutôt qu'à un proche et plus grande est leur pudeur envers ceux

1. On trouvera l'ensemble de ces poèmes en prose dans le livre de Louis Noguères : *Le Suicide de Philippe Daudet*, Librairie du Travail, Paris, 1926. *(N.d.T.)*

de leur propre sang. Parce qu'ils ne voient toujours dans l'enfant que leur enfant, les parents restent tout naturellement plus longtemps que les tiers aveugles face à l'être nouveau grandissant en secret sous les traits familiers ; ils ne remarquent pas la dualité en chaque individu en train de se forger, ils ne voient pas le Pierre Bonchamps, le fugueur, l'aventurier tapi dans tout adolescent de quatorze ans, qu'il s'appelle Philippe Daudet ou non. Ni l'intelligence ni la psychologie ne sont là d'un grand secours. Jamais cela ne fut démontré de façon plus manifeste que dans le cas présent ; car d'une part Léon Daudet a étudié la médecine, la pathologie, il fut l'élève de Charcot, d'autre part il est psychologue, il forme et sonde les hommes et serait donc plus que nul autre prédestiné à l'observation. Or, si sa maîtrise dans le domaine de la caractérologie lui permet de faire le portrait de chacun avec la sûreté de trait d'un caricaturiste, cette science magique s'avère défaillante en une seule occasion : en ce qui concerne son propre fils. Le garçon dort dans la chambre de ses parents, c'est-à-dire tout près d'eux, ils lui parlent jour et nuit, mais ils ne l'ont jamais regardé au fond des yeux. Ils l'appellent le petit Philippe, pour eux ce grand échalas autour des lèvres duquel commence déjà à poindre un duvet est encore un adolescent ingénu, innocent, asexué, et le Pierre Bonchamps qui, dans ses poèmes, rêve de prostituées et de tendres étreintes féminines est toujours l'enfant Philippe qui va le matin à l'école et fait ses devoirs de latin. Et pourtant le père est au courant de ses crises d'épilepsie, il n'ignore pas la lourde hérédité du côté du grand-père (Alphonse Daudet était atteint du tabès). Il connaît son désir passionné d'évasion et d'aventures ; en effet, à douze ans déjà le garçon s'était enfui à Marseille et son retour à la maison n'avait été dû qu'au hasard. Mais là précisément ils ne se doutent de rien, en dépit de toute leur science, ils n'ont pas la moindre idée du chaos qui règne dans cette âme enfantine et prennent cette tragédie pour une farce stupide de gamin.

C'est pourquoi ils ne sont pas particulièrement inquiets, du moins est-ce l'impression qu'ils donnent. Tandis que Pierre Bonchamps erre à travers Le Havre, l'âme déchirée par l'angoisse, avec la mort devant les yeux, alors qu'ensuite à Paris il s'aventure dans des cercles dangereux au plus haut point, durant chacune de ces cinq journées tragiques, Léon Daudet, le père, rédige bravement son éditorial quotidien consacré à la politique et à la littérature. La mère de Philippe de son côté n'est pas en reste, elle bavarde sur trois colonnes à propos de l'« art de vieillir », et il y a autant d'esprit sous sa plume que sur ses lèvres dans un salon. Ils ne tentent aucune recherche, n'avertissent pas la police. Ce n'est qu'au quatrième jour de la fugue de leur fils qu'on peut lire en postscriptum de l'immuable éditorial du père une brève note : « À un correspondant du Midi : Je vous conseille de rentrer immédiatement. C'est le plus simple. L. D. » Dans ces mots d'une terrible sécheresse, quasi menaçants, « C'est le plus simple », on sent toute l'insouciance présente dans la conviction paternelle : « Il va bien finir par revenir, ce stupide garçon. » Ici non plus, aucun cri d'angoisse, aucun pressentiment funeste, aucun geste de pardon. Invariablement, ici aussi, comme toujours, la faute suprême a pour nom : indolence du cœur.

Entre-temps Pierre Bonchamps, cahoté dans le compartiment de troisième classe d'un train qui file à vive allure, ébranlé par des pensées confuses, est arrivé à Paris. Le voici de nouveau à la gare, celle-là même dont, trois jours plus tôt, il pensait avoir foulé le sol pour la dernière fois, cette gare qui, espérait-il, le verrait s'enfuir vers une existence bien à lui — épave rejetée sur le rivage. Où aller? Chez ses parents ou chez des amis de ceux-ci? À aucun prix; ils l'ont déjà trahi lors de sa première fugue. Et maintenant l'histoire prend ce tour étonnant et pourtant logique qu'un romancier n'oserait jamais concevoir et que la réalité seule, la suprême poétesse, peut imaginer. De la gare, Pierre Bonchamps se rend directement en taxi à la rédaction du journal anarchiste, c'est-à-dire chez les adversaires les plus acharnés de son père, oui, ses ennemis mortels. Le fils du chef royaliste se réfugie auprès des ennemis jurés du royalisme, tel Coriolan chez les Volsques. On ne sait quelle intuition géniale née dans un cerveau enfiévré d'enfant l'amène à cette conclusion hardie sur le plan psychologique : personne à Paris ne lui offrira davantage de sécurité que ces criminels adversaires de son père. Le taxi s'arrête; il monte à la salle de rédaction, se présente sous son pseudonyme Bonchamps, déclare être un fervent anarchiste et, pour légitimer sa présence en ces lieux, il expose un plan — mesurons bien l'énormité de cette audace enfantine — : il a l'intention d'assassiner l'un des dirigeants de la république bourgeoise, le président Poincaré ou... Léon Daudet, son propre père.

Prend-il cette résolution au sérieux? Que Philippe haïsse son père, cela ne semble pas invraisemblable, même si l'on fait abstraction des axiomes bien connus de la psychanalyse. Peut-être cette fuite insensée s'explique-t-elle uniquement par son aversion passionnée pour cet homme. Et, de façon plus curieuse encore, une lettre qu'il remet dans une enveloppe fermée au rédacteur Vidal pour le cas où « il lui arriverait quelque chose » confirme à quel point le garçon jouait avec l'idée d'un attentat politique. La lettre, effectivement parvenue à la bonne adresse après sa mort, disait :

« Ma mère chérie, pardon pour la peine immense que je te fais, mais depuis longtemps j'étais anarchiste sans oser te le dire. Maintenant, ma cause m'a appelé et je crois qu'il est de mon devoir de faire ce que je fais. Je t'aime beaucoup. Philippe. »

Pas un mot concernant son père, sur lequel son revolver est déjà braqué dans l'ombre.

Prend-il vraiment ces projets au sérieux ? Mystère sans réponse. Et sont-ils vraiment sérieux, ces anarchistes qui accueillent aussitôt à bras ouverts ce Pierre Bonchamps inconnu (ils ne se doutent pas encore de l'identité de celui qu'ils détiennent en leur pouvoir) sur la foi de cette proposition démente, le choient, l'entretiennent, lui prêtent de l'argent, lui procurent une arme, conduisent aux réunions de la jeunesse anarchiste ce même adolescent qui la veille au Havre allait pieusement à l'église, et pour ainsi dire fortifient son poignet ? Après tout, sont-ce de véritables, d'authentiques anarchistes auprès desquels le lycéen fugueur se réfugie en toute bonne foi, le cœur au bord des lèvres ? Du procès, et pas seulement des affirmations de Léon Daudet, se dégage la pénible impression que cette bande d'individus dangereux pour l'État cultive une fort étrange amitié avec la police, et même on ne peut plus s'empêcher de soupçonner *Le Libertaire*, cette feuille redoutable et menaçante, de n'être pas aussi redoutable qu'elle veut s'en donner l'air. Qu'ils soient faux ou vrais, spontanés ou fabriqués, tacitement tolérés, les attentats semblent former dans ce cercle un mélange si singulier qu'on est bien forcé de le reconnaître : ce pauvre garçon est tombé, sans se douter de rien, plutôt dans une officine de police que dans un local d'activistes anarchistes. Quoi qu'il en soit, ils le traitent en ami, ils se le passent de main en main. Il dort, lui le jeune bourgeois gâté, avec un voyou dans la mansarde de sa maîtresse, puis dans un cagibi; trois jours durant il traîne dans des cabarets de bas étage, déjà sans un sou vaillant, il erre la nuit autour des Halles, les poches vides, et ne sachant que faire. Ces trois dernières journées de Pierre Bonchamps sont une cruelle odyssée sur tous les océans du désespoir. En vain fera-t-on comparaître au cours du procès un témoin après l'autre : employés de magasin, chauffeurs de taxi; rien n'éclairera les ténèbres de cette tragique équipée d'un enfant à deux, trois kilomètres du domicile familial. Parfois un témoignage vient jeter une lumière crue sur une heure, une minute bien précise. On voit alors le garçon hâve engager pour quelques francs, par une journée glaciale de novembre, la dernière chose qui lui reste : son manteau; on le voit dans le bistrot des anarchistes se faire payer un déjeuner misérable; on le voit émerger, les yeux battus, d'une mansarde; on le voit une fois de plus monter à la rédaction auprès de ses nouveaux amis. Mais ce sont là de simples éléments isolés, des scènes et des épisodes, et on ne peut que deviner les souffrances endurées tout au long de son odyssée par cet enfant gâté en fuite.

Finalement, le 24 novembre, cinquième jour de l'existence de Pierre Bonchamps, ils l'envoient chez le libraire Le Flaouter, boulevard Beaumarchais. Balzac n'aurait pu imaginer pour cette péripétie figure plus fantastique que cet homme de main professionnel des sombres intrigues. Car ce petit libraire d'un boulevard du faubourg, doté d'un caractère peu scrupuleux, cumule toutes sortes de fonctions curieuses. Premièrement il possède une petite bibliothèque de prêt (officiellement), deuxièmement il fait commerce d'ouvrages et de photographies pornographiques (en secret), troisièmement il est anarchiste et président du comité pour l'amnistie (à nouveau officiellement) et quatrièmement il est indicateur de police (dans

186

le plus grand des secrets). C'est à ce gaillard cynique, qu'ils lui recommandent comme l'un des leurs, que les anarchistes, ou pseudo-anarchistes, adressent le malheureux garçon; il devra en apparence réclamer une édition de Baudelaire, mais en réalité il se procurera un « jou-jou [1] » (un revolver) après avoir communiqué ses projets d'attentat. Le Flaouter lui prête une oreille polie, lui réserve le meilleur accueil, promet de lui obtenir le livre pour l'après-midi; qu'il revienne donc entre 3 et 4 heures.

Lorsque le pauvre adolescent fugueur, Pierre Bonchamps pour la dernière fois, arrive à 4 heures, le magasin est cerné de tous côtés par des agents de la police secrète, comme s'il s'agissait réellement d'arrêter un individu dangereux pour l'État, un criminel de haut vol. Mais, chose étrange (ici une zone d'ombre recouvre le procès dans son entier), les policiers appelés le plus obligeamment du monde par Le Flaouter affirment, unanimes, n'avoir vu ni entrer ni sortir un garçon correspondant au signalement et personne ne sait (car le témoignage d'un mouchard tel que Le Flaouter ne vaut pas un sou) ce qui s'est déroulé là-bas pendant le quart d'heure fatidique. Dans cette échoppe on quitte le domaine des faits, de ceux que l'on peut prouver. Une seule réalité est à nouveau patente : environ vingt à vingt-cinq minutes plus tard, un taxi dans lequel gît un adolescent, la tempe trouée, avec un revolver à ses côtés, s'arrête devant l'hôpital Lariboisière. Le chauffeur, Bajot, déclare avec précision avoir été hélé à 4 heures et quart place de la Bastille par ce jeune homme qui lui avait demandé de le conduire au cirque Médrano. Au cours du trajet, sur le boulevard Magenta, il avait, selon ses dires, entendu une détonation; pensant qu'un pneu de

1. *Sic*, en français dans le texte. *(N.d.T.)*

son véhicule avait crevé, il était tout de suite descendu. Il avait alors aperçu du sang qui coulait le long du marchepied et il avait déposé aussitôt le moribond à l'hôpital.

S'inscrivant en faux contre ces propos, Léon Daudet, avec une véhémence toujours accrue, soutient la thèse suivante : son fils a été abattu chez Le Flaouter par les anarchistes dès qu'ils ont su qui il était, en accord avec la police ou même avec son aide et, déjà au seuil de la mort, il a été mis dans ce taxi associé au complot. Mais c'est en vain qu'il accuse des assassins inconnus, puis le commissaire de police. Finalement, le chauffeur, irrité par les attaques de plus en plus enragées du père, poursuit son accusateur et Léon Daudet est condamné pour diffamation. Si aux yeux des juristes et du monde politique le cas Philippe Daudet est réglé par ce verdict, et le suicide attesté, il n'en va pas de même pour le psychologue. Les décisions des tribunaux lui importent peu, il n'a que mépris pour les faits notoires et ne s'attache qu'au tissu mystérieux des causes, à ce jeu confus auquel la vraisemblance se livre souvent avec la vérité ; que Philippe se soit tué de sa propre main lui paraît une fin trop brutale, trop subite, d'une banalité trop invraisemblable pour ce garçon fougueux qui, à partir d'un premier acte téméraire, sa fugue et son larcin d'enfant, ne cesse d'aller plus loin, qui, en cinq jours, après s'être arraché à l'obscurité d'une salle de classe, s'élance vers des projets politiques extravagants et, de façon plus grandiose que ne pourrait l'imaginer un romancier, se métamorphose de gamin timide et angoissé en homme héroïque — ou, si l'on préfère, courageux jusqu'au crime.

L'émouvant drame de ces dernières heures de Philippe sera-t-il un jour élucidé ? Assassinat ou bien suicide ? Par-delà les tribunaux, cette question pourra-t-elle être tranchée par cette dernière instance : la certitude morale ? Le caractère incroyable de cette situation fantastique sera-t-il un jour éclairci ? Le fils du royaliste devenu prolétaire, vagabond, complotant contre son père au milieu d'anarchistes tolérés par la police et ensuite, comme revêtu d'un manteau qui rend invisible, franchissant en plein jour, à l'insu de tous, le cordon des inspecteurs aux aguets pour soudain diriger le revolver contre sa propre personne ? Il y a, je le crains, peu d'espoir. Pierre Bonchamps ne peut plus parler. Philippe, l'enfant, est enterré. Et la mort a les mâchoires serrées, il n'en sort aucun secret.

LE RETOUR DE GUSTAV MAHLER

Le voici de retour, le grand proscrit de jadis, le voici couvert de gloire dans la ville dont il avait été chassé il n'y a guère que quelques années de cela. La salle même où autrefois sa volonté s'imposait avec une force démoniaque est remplie à présent par la forme spiritualisée de celui qui n'est plus, elle résonne de son œuvre. Rien n'a pu la tenir à l'écart, ni l'exaspération ni les outrages ; emportée dans une ascension irrésistible par l'effet de sa valeur propre, ressentie de façon plus pure parce qu'elle n'est plus observée sous un angle polémique, elle habite désormais notre univers intérieur, elle l'élargit. Aucun événement, aucune guerre n'a pu empêcher l'épanouissement naturel de sa renommée et le même homme qui, peu de temps auparavant, était encore pour les gens un objet de mécontentement, de scandale, un monstre en un mot, est devenu du jour au lendemain un consolateur et un libérateur. La douleur, la perte irrémédiable, ses *Chants pour les enfants morts* l'expriment avec une force inconnue de ses contemporains ; et la manière dont le deuil est transfiguré par la profondeur des sentiments, aujourd'hui comment ne pas la comprendre, ne pas la ressentir en écoutant son poème d'adieu *Le Chant de la terre* ? Jamais il ne fut aussi vivant, aussi vivifiant pour cette ville, lui, Gustav Mahler, que maintenant qu'il est loin, et l'ingrate qui l'abandonna est devenue sa patrie pour toujours. Ceux qui l'aimaient avaient attendu cette heure, mais à présent elle est arrivée et nous n'en sommes pas plus heureux pour autant. Car nos aspirations ont changé : tant qu'il fut en activité, nous souhaitâmes voir son œuvre, ses créations bien vivantes. Et depuis qu'elles connaissent la notoriété, c'est de lui que nous nous languissons, de lui qui ne reviendra plus.

Car pour nous, pour toute une génération, il fut davantage qu'un musicien, un maître, un chef d'orchestre, davantage qu'un simple artiste, il fut tout ce que notre jeunesse n'a jamais pu oublier. Être jeune ne signifie-t-il pas en fin de compte espérer l'extraordinaire, un événement fabuleusement beau dépassant l'univers étroit du regard, une apparition qui serait l'accomplissement d'une vision aperçue en rêve ? L'admiration, l'enthousiasme, l'humilité, toute la puissance, l'intensité de l'abandon, de l'exaltation, semblent n'être concentrés d'une manière si ardente et si chaotique chez l'adolescent que pour s'enflammer entièrement grâce à une telle apparition, réelle ou supposée, dans le domaine de l'art, de l'amour. Et c'est un don du ciel que de vivre un pareil accomplissement dans l'art, dans l'amour, à ses débuts, lorsqu'on est encore pur, à travers une personnalité véritablement marquante, d'être encore disponible pour lui, de pouvoir l'accueillir avec des sentiments débordants. Cela nous est arrivé. Qui a connu dans sa jeunesse ces dix années de l'Opéra sous la direction de Mahler a vu son existence s'enrichir de quelque chose d'indicible, d'incommensurable. Dès le premier jour, avec le flair subtil propre à l'impatience, nous l'avons ressenti : nous avions affaire à un être exceptionnel, habité par un génie — lequel, loin de se confondre avec un simple créateur, est peut-être d'une essence plus mystérieuse encore, car il n'est qu'un élément inspiré, que force de la nature. Extérieurement rien ne le distingue ; l'influence qu'il exerce est sa seule singularité, cette influence indescriptible, comparable uniquement à certains phénomènes magiques où se manifeste tout l'arbitraire de la nature. L'aimant possède des qualités analogues. On peut bien retourner mille morceaux de fer. Ils sont tous inertes, ils ne savent que se précipiter vers le bas sous l'action de leur propre pesanteur, étrangers les uns aux autres, inactifs. Et en voilà un, pas plus brillant ni plus riche que les autres ; pourtant il est doté d'une violence — venue des étoiles ou du tréfonds de la terre — qui attire à lui tout ce qui lui est semblable, l'enchaîne à lui et l'arrache à sa pesanteur. Ce que l'aimant a attiré à lui, il l'anime de sa propre force, s'il peut le retenir assez longtemps, il lui communique son secret. Il aspire les autres métaux pour les pénétrer, il se partage sans jamais s'affaiblir : sa raison d'être, sa caractéristique, c'est l'efficacité. Cette violence — venue des étoiles ou du tréfonds de la terre — chez l'homme habité par un démon, c'est la volonté. Ils sont des milliers et des milliers autour de lui et chacun, inerte et sans âme, ne fait que se précipiter dans la pesanteur de sa propre vie. Or il se saisit d'eux, les remplit à leur insu de sa volonté, de son rythme, s'agrandit en eux en leur insufflant une âme. Par l'effet d'une sorte d'hypnose il les entraîne tous vers lui, unit leurs nerfs aux siens, leur impose (de façon souvent douloureuse) son rythme. Il les asservit, les soumet à sa volonté, mais les natures dociles, il les initie au secret de sa force. Il y avait en Mahler une telle volonté démoniaque ; elle jetait à terre et brisait toute opposition, et c'était en même temps une force qui vivifiait et comblait. Il était entouré d'une sphère de feu qui embrasait chacun, souvent brûlante mais toujours source de clarté. C'était impossible de s'y soustraire, on raconte que ses musiciens l'auraient parfois tenté. Or cette volonté était trop vive ; toute résistance fondait à son contact. Grâce à son énergie incomparable, il façonne le monde des chanteurs, des figurants, des metteurs en scène, des musiciens, cette juxtaposition confuse de centaines d'individus, afin d'obtenir, en deux ou trois heures, un tout homogène. Il leur arrache leur volonté, transforme leurs aptitudes à coups de marteau, de lime, au laminoir ; il les précipite dans son rythme, alors qu'ils sont déjà eux-mêmes embrasés, jusqu'à ce qu'il ait sauvé l'Unique du quotidien et l'art de l'activité laborieuse, jusqu'à ce qu'il se soit réalisé lui-même dans l'œuvre et qu'il ait réalisé l'œuvre en lui. Et comme par magie toutes les choses qui lui sont nécessaires lui arrivent de l'extérieur, on dirait qu'il les trouve, tandis que ce sont elles qui le trouvent. Il faut des cantatrices, des natures riches et ardentes afin d'incarner des héroïnes de Wagner et de Mozart : appelées par lui (ou en réalité désirées inconsciemment par son démon intérieur), voici la Mildenburg et la Gutheil. On recherche un peintre pour placer derrière la musique une image tout aussi vivante qu'elle, et on découvre Alfred Roller [1]. Ce qui lui est apparenté, ce dont il a besoin en vue de son travail surgit d'un seul coup, comme par enchantement, et plus les personnalités sont fortes, plus elles se conforment avec passion à la sienne. Tout s'ordonne autour de lui, se coule docilement dans sa volonté, et, ces soirs-là, une œuvre, une foule, une maison se dressent soudain autour de lui,

1. Peintre, ami et collaborateur de Mahler, membre de la Sécession de Vienne. Mahler lui commanda les premières mises en scène stylisées de Wagner et de Mozart. (N.d.T.)

comme pour lui seul. Il fait tressaillir notre sang au rythme de sa baguette : de la même façon qu'un paratonnerre concentre sur lui la tension de toute une atmosphère, il condense sur cette pointe toute la masse de nos émotions. Jamais dans les arts figuratifs je n'ai ressenti une telle impression d'unité qu'au cours de bien de ces soirées, comparables dans leur pureté uniquement à quelque chose de primitif, à un paysage avec son ciel, ses nuages, traversé par un souffle saisonnier, à cette harmonie involontaire des choses qui ne sont là que pour elles-mêmes, simplement, naturellement. À cette époque, nous, la jeune génération, avons appris à aimer grâce à lui la perfection, nous avons compris à travers lui qu'une volonté tendue à l'extrême, démoniaque, peut encore, au milieu de notre univers morcelé, élaborer, à partir de matériaux terrestres friables, une heure ou deux d'éternité, d'absolu, et il nous a de la sorte incités à attendre sans cesse ce moment. À cette époque, il est devenu pour nous à la fois un assistant et un éducateur. Personne, aucun autre, n'a exercé alors sur nous une telle puissance.

La force démoniaque qui l'habitait était si ardente qu'elle transperçait, tel un jet de flammes, la mince couche de son apparence, car le feu qui le dévorait se laissait maîtriser avec peine à l'intérieur de sa faible écorce charnelle. On le connaissait parfaitement quand on l'avait vu une fois. Tout en lui était tension, excès et passion débordante. Il y avait autour de lui comme des lueurs qui dansaient, pareilles aux étincelles autour de la bouteille de Leyde. La fureur était son élément, la seule chose adaptée à sa force ; au repos il semblait surexcité : restait-il immobile qu'il émanait de lui des décharges électriques. On avait du mal à se l'imaginer oisif, flânant ou paisible. La surpression de la chaudière qui était en lui réclamait constamment de l'énergie pour agir, pour aller de l'avant. Il était toujours en route vers un objectif, on l'aurait dit emporté par une grosse tempête, et tout était trop lent pour lui. Peut-être haïssait-il la vie réelle parce qu'elle était à la fois coriace et fragile, indolente, parce que c'était une masse avec sa pesanteur et sa résistance et qu'il voulait parvenir à la vraie vie, celle qui se cache derrière les choses, aux neiges éternelles de l'art, là où ce monde touche le ciel. Il voulait en traversant toutes ces formes intermédiaires accéder à celles, pures, claires, où l'art devient en raison de sa perfection un nouvel élément, sans scories et d'une transparence de cristal, libre et sans intention précise. Mais, tant qu'il fut à la direction de l'Opéra, ce chemin dut passer à travers la routine du travail, les ennuis inhérents aux affaires, les entraves occasionnées par la malveillance ; il dut enjamber l'épais fourré de la mesquinerie humaine. Il se fit bien des écorchures, mais, tel l'amok, il s'élança droit devant lui, il courut à la poursuite de cet objectif qu'il croyait extérieur, inaccessible, alors qu'il était déjà vivant en lui : la perfection. Sa vie durant il courut ainsi en avant, rejetant, renversant, piétinant tout ce qui le gênait, il courut et courut, comme pourchassé par la peur de ne pas atteindre la perfection. Derrière lui retentissaient les criailleries hystériques des prime donne offensées, on pouvait entendre les soupirs des paresseux, les moqueries des incapables, la meute des médiocres ; pourtant jamais il ne se retournait, il ne voyait pas grossir le nombre de ses persécuteurs, ne sentait pas les coups qu'ils lui assenaient au passage ; il continuait à se précipiter jusqu'au moment où il trébuchait et où il tombait. On a dit à son sujet que ces résistances l'auraient freiné. Il est possible qu'elles aient miné sa vie, mais je ne le crois pas. Cet homme avait besoin de résistances, il les aimait, il les désirait, elles étaient la saumure du quotidien qui le rendait plus assoiffé encore des sources éternelles. Et au cours de ses journées de vacances, lorsqu'il était libéré de tous ces fardeaux, à Toblach ou au Semmering, il entravait lui-même sa création en amoncelant les obstacles. Blocs de pierre, montagnes, roches primitives de l'esprit. Ce que l'humanité avait conçu de plus haut, la seconde partie de *Faust*, le chant primitif de l'esprit créateur « Veni creator spiritus », c'est par cela qu'il choisit lui-même d'endiguer sa trop grande énergie de compositeur pour pouvoir produire une œuvre qui vienne inonder cette digue [1]. Car le combat avec la matière était pour lui un plaisir divin, il en fut l'esclave jusqu'à son dernier jour. Sa nature impétueuse affectionnait la lutte des éléments libres avec le monde terrestre, il ne voulait aucun repos, quelque chose le poussait plus loin, toujours plus loin, jusqu'à l'unique seuil où s'arrête l'artiste véritable : la perfection. Et dans un effort ultime, aux portes de la mort, il l'atteignit enfin dans *Le Chant de la terre*.

Ce que représentait pour nous, jeunes gens qui sentions fermenter en nous des aspirations artistiques, le spectacle plein de fougue offert au public par un tel homme est chose impossible à décrire. Nous subordonner à lui était notre plus ardent désir ; quant à l'approcher, une peur énigmatique, incompréhensible, nous en empêchait, un peu comme quelqu'un qui n'ose pas aller jusqu'au bord d'un cratère regarder la lave en ébullition. Nous n'essayâmes jamais de nous imposer à lui ; sa simple existence, sa présence, le fait de savoir qu'il était là près de nous, au sein de ce monde extérieur que nous avions en commun, suffisait à nous rendre heureux. L'avoir vu, dans la

1. La huitième symphonie (dite *des Mille*) s'ouvre sur le « Veni creator » et s'achève sur la scène finale du second *Faust* (l'apothéose de l'éternel féminin). *(N.d.T.)*

rue, au café, au théâtre, toujours de loin, était déjà
un événement, tellement nous l'aimions, tellement
nous le vénérions. Aujourd'hui encore son image
est vivace en moi comme l'est celle de peu de gens,
et je me souviens de chacune des occasions où je
le rencontrai de loin. Il était à chaque fois un
autre et pourtant toujours le même, car il était
constamment animé par l'expression véhémente
de son âme. Je le vois lors d'une répétition : cour-
roucé, trépidant, criant, excité, souffrant de la
moindre imperfection ainsi que sous l'effet d'une
douleur corporelle, je le vois un autre jour bavarder gaiement quelque part dans la rue, mais fidèle
là aussi à son impétueuse nature, avec cette gaieté
enfantine spontanée décrite par Grillparzer chez
Beethoven (et dont des fragments transparaissent
dans de nombreuses pages de ses symphonies). Il
semblait toujours entraîné par une force intérieure qui l'animait tout entier. Mais s'il est une
chose qui restera pour moi inoubliable, c'est la
dernière fois où je l'aperçus ; je n'avais encore
jamais ressenti en effet aussi profondément, avec
tous mes sens, l'héroïsme d'un homme. Je reve-
nais d'Amérique et il était là, sur le même bateau [1],
moribond, atteint d'une maladie incurable. Un
printemps précoce flottait dans l'air, la traversée
s'effectuait calmement sur une mer bleue agitée
par de faibles vagues ; nous avions formé un petit
groupe, Busoni nous faisait le présent, à nous ses
amis, de sa musique. Tout nous incitait à la joie,
pourtant en bas, quelque part dans le ventre du
navire, il somnolait, veillé par sa femme, et cela
nous donnait l'impression d'une ombre planant
sur la légèreté de nos journées. Parfois, lorsque

1. Stefan Zweig revenait de sa visite du canal de
Panamá (cf. *Pays, villes, paysages*). Gustav Mahler, transporté de New York à Vienne, mourut cinq jours après son
arrivée, le 18 mai 1911. *(N.d.T.)*

nous étions en train de rire, quelqu'un disait : « Mahler, le pauvre Mahler ! », et nous nous taisions. Il gisait dans les profondeurs, consumé par la fièvre, condamné. De sa vie ne restait qu'une petite flamme claire ; elle tressaillait en haut, sur le pont, à l'air libre : son enfant, insouciant, occupé à jouer, heureux, inconscient. Mais nous, nous étions au courant, nous sentions sa présence en bas, sous nos pieds, comme s'il était déjà dans la tombe. C'est à notre arrivée à Cherbourg, dans le remorqueur qui nous amenait à quai, que je le vis enfin. Il gisait là, d'une pâleur de mourant, immobile, les paupières closes. Le vent avait balayé de côté sa chevelure grisonnante, son front bombé saillait, dégagé, hardi, et, en dessous, le menton sévère exprimait toute la force de sa volonté. Ses mains creusées reposaient, repliées par la fatigue, sur la couverture, c'était la première fois que cet homme fougueux m'apparaissait affaibli. Cependant sa silhouette — spectacle inoubliable, ô combien inoubliable ! — se découpait sur le gris infini du ciel et de la mer, il régnait à cet instant une tristesse sans bornes mais aussi un je-ne-sais-quoi qui transfigurait tout par sa grandeur et se perdait dans le sublime, telle une musique. Je savais que je ne le verrais plus jamais. L'émotion me poussait à m'approcher de lui, la timidité me retenait en arrière. Je ne pouvais que le regarder de loin, les yeux fixés sur lui, comme si j'allais, en agissant de la sorte, recevoir de lui encore quelque chose et lui en être reconnaissant. Je sentais déferler sourdement en moi une musique, je pensais à Tristan, mortellement blessé, retournant à Kareol, le château paternel, bien que là ce fût différent ; c'était plus profond encore, plus beau, plus radieux. Jusqu'au jour où je trouvai la mélodie et les paroles dans cette œuvre composée depuis longtemps mais qui s'était accomplie en cet instant seulement, la mélodie empreinte de la béatitude de la mort, quasi divine, du *Chant de la terre* sur ce texte : « Je n'errai jamais au loin... Mon cœur est paisible et attend son heure. » À présent ces sonorités pour ainsi dire sépulcrales et cette vision, cette image disparue, impossible à oublier, ne font plus qu'un.

Et pourtant, lorsqu'il mourut, nous ne l'avons pas vraiment perdu. Sa présence depuis long-temps n'avait plus rien de physique pour nous ; bien enracinée en nous, elle continuait à croître, car une fois qu'une expérience a touché notre cœur elle ne fait plus partie du passé. Il est vivant en nous aujourd'hui plus que jamais, encore aujourd'hui je suis conscient en mille occasions de sa présence indélébile. Un chef d'orchestre lève sa baguette dans une ville d'Allemagne. Derrière son geste, sa manière de diriger, je reconnais Mahler, je sais, sans avoir à le demander, qu'il est son élève, que le magnétisme continue d'être fécond par-delà la mort (de même que plus d'une fois au théâtre j'entends soudain la voix de Kainz, nette, comme sortant d'une gorge muette). Du jeu de plus d'un, il irradie encore quelque chose de lui, et le comportement sec de bien des jeunes musiciens ne fait souvent que refléter délibérément sa façon d'être. Mais c'est à l'Opéra que sa présence est la plus forte : dans la maison muette ou sonore, éveillée ou endormie, il a imprégné ces murs comme un fluide qu'aucun exorcisme ne pourra jamais faire disparaître. Les décors ont pâli, l'orchestre n'est plus le sien, et, cependant, lors de certaines représentations — dans *Fidelio* avant tout, *Iphigénie* et *Le Mariage de Figaro* —, à travers les retouches arbitraires de Weingartner, à travers l'épaisse couche d'indifférence qui depuis Gregor a recouvert, telle une poussière, ce bien précieux, à travers toute cette décadence et ses toiles d'arai-gnée, il m'arrive de sentir un peu de sa véhémence et, malgré moi, mon regard se porte vers le pupitre et le cherche. Il est toujours présent quelque part dans cette maison, il rayonne encore par-delà la rouille et les ruines, ainsi que parfois la braise, avant de s'éteindre, lance des étincelles. Même ici, où il créa dans l'éphémère, où il se contenta de faire résonner l'air et vibrer les âmes, même ici, quelque part, là où il a cessé d'agir, continue à vivre une trace de lui, au sein de l'ombre, devenue elle-même une ombre, et à travers la beauté, la perfection, nous continuons à sentir sa présence. J'en suis conscient, jamais plus je ne pourrai voir chez nous ses opéras avec des sentiments vierges, dans cette salle mes émotions sont trop mêlées aux souvenirs et la comparaison atténue le plaisir que je pourrais éprouver. Il nous a tous rendus injustes, comme cela arrive dans toute grande passion.

Tel fut l'effet exercé par son démon intérieur sur nous, sur une génération entière. Ceux qui maintenant l'approchent, étrangers à sa biographie, qui ne peuvent aimer de lui que ce feu mystérieux sublimé dans sa musique, ont de lui une connaissance imparfaite. Si pour eux la musique de Mahler provient déjà du néant, du firmament de l'art allemand, nous, nous aurons toujours présente à la mémoire la façon exemplaire dont il arracha à la terre sa part d'infini. Ils connaissent uniquement l'essence, le parfum de son être ; nous avons connu, nous, la couleur ardente entourant ce calice. On trouvera sans conteste une image de cette époque dans le beau livre de Richard Specht (*Gustav Mahler*, Berlin, Schuster & Löffler, 1914) qui, au moyen des mots, établit un pont jusqu'à elle. Chacun devrait le lire : empreint de respect sans verser dans l'idolâtrie, proche sans jamais se montrer familier, ne cherchant pas à enfermer Mahler dans des formules, à ficeler, comme on le ferait d'un document, une vie qui commence à s'épanouir, il se veut simple témoignage de reconnaissance pour une expérience, l'expérience Gustav Mahler. On y retrouve aussi le rythme de ces soirées accomplies et la volonté du maître de donner une pièce en entier, et sans défauts, plutôt que de la livrer prématurément, mal structurée. À chaque fois que je le feuillette, des choses disparues reprennent vie, je revois une soirée d'autrefois, des voix s'élèvent, des images s'imposent — je revis l'éphémère, et toujours je sens sa présence vivante, cette volonté d'où tant de choses jaillissaient avant qu'il les organise. C'est une main reconnaissante qui vous guide et la reconnaissance m'envahit à mon tour parce que, par son savoir, l'auteur permet d'approcher le mystère de Mahler. Et là où les mots du livre ne peuvent plus mener, où ils se contentent d'accompagner — comment représenter en effet la musique autrement que par la poésie, elle aussi musique pure et radieuse? —, notre époque, qui s'est enfin réveillée, vient à la rescousse. Les lieder de Mahler résonnent maintenant par eux-mêmes, ses symphonies peuvent s'épanouir, et aujourd'hui encore, au printemps, les gens à Vienne s'assemblent autour de lui. Dans cette même salle d'où il fut congédié, son œuvre a réussi à s'imposer, il est de nouveau là parmi nous comme autrefois. Sa volonté s'est accomplie et c'est une volupté sans pareille que d'assister à la renaissance glorieuse de celui qu'on croyait mort.

En effet il est ressuscité, Gustav Mahler, au milieu de nous, notre ville est pratiquement la dernière des villes de langue allemande à saluer à nouveau le maître. Il n'a pas encore accédé au rang des classiques, il n'a pas encore droit à un mausolée, aucune rue ne porte encore fièrement son nom, aucun buste de lui — pas même celui où Rodin tenta, en vain, de fixer dans le bronze cette nature de feu — n'orne encore l'entrée de l'édifice dont plus que tout autre il fut l'âme et dont il fit l'emblème spirituel de la ville. Ils hésitent, ils temporisent. Une étape est toutefois déjà franchie : ceux qui le haïssaient, qui le persécutaient ont disparu, ils se sont tapis dans les plus honteux recoins, ils se sont pour la plupart lâchement repliés dans les ultimes retranchements, particulièrement sordides, dans une fausse admiration mensongère. Ceux qui hier encore vociféraient : « Qu'on le crucifie ! » crient aujourd'hui : « Hosanna ! » et oignent sa traîne glorieuse de myrrhe et d'encens. Disparus les adversaires d'hier, personne, non personne ne veut admettre en avoir fait partie. Les esprits haineux, les persécuteurs sont en effet à ce point stériles qu'ils prennent peur lorsque leur propre haine porte ses fruits. Tumulte, dissensions — entre les peuples comme entre les opinions —, tel est leur univers trouble, mais ils perdent tous leurs moyens chaque fois qu'une volonté parvient à s'imposer et que la pureté va inexorablement au-devant de l'harmonie. Car un souffle puissant n'a cure des contingences, et que peut une parole de haine contre l'œuvre forgée par une immense volonté ?

SUR LE CERCUEIL DE SIGMUND FREUD

26 septembre 1939. Crématorium de Londres

Permettez-moi, face à ce glorieux cercueil, de prononcer quelques mots de reconnaissance émue au nom de ses amis viennois, autrichiens et du monde entier, dans cette langue que par son œuvre Sigmund Freud a enrichie et ennoblie de façon si grandiose. Il convient avant toute chose que nous prenions conscience que nous, réunis ici par un deuil commun, nous sommes en train de vivre un instant historique, et cela le destin n'accordera certainement à aucun d'entre nous la possibilité de le revivre. Ne l'oublions pas : pour les autres mortels, pour presque tous, à la minute même où le corps se refroidit, leur existence, leur présence parmi nous s'efface à jamais. En revanche, pour celui que nous avons mis en bière, pour cet être rare, exceptionnel, au sein de notre époque désespérante, la mort n'est qu'une apparition fugitive, quasi inexistante. Ici le départ du monde des vivants n'est pas une fin, une conclusion brutale, c'est simplement une douce transition de la condition de mortel à celle d'immortel. Si nous pleurons aujourd'hui cette part périssable que fut son enveloppe charnelle, une autre part de lui-même, ce qu'il fut, son œuvre, demeure impérissable. Nous tous dans cette pièce qui sommes encore en vie, qui respirons, parlons, écoutons, nous tous ici, nous sommes spirituellement mille fois moins vivants que ce mort immense dans l'étroitesse de son cercueil.

Ne vous attendez pas à ce que je fasse devant vous l'éloge de ce que Sigmund Freud a accompli dans sa vie. Vous connaissez ses travaux, qui ne les connaît pas? Qui de notre génération n'a pas été intérieurement façonné, métamorphosé par eux? Bien vivante, cette merveilleuse découverte de l'âme humaine est devenue une légende impérissable dans toutes les langues, et ce au sens le plus littéral, car quelle langue pourrait désormais se passer, se priver des concepts, des mots qu'il a arrachés au crépuscule de la semi-conscience? Les mœurs, l'éducation, la philosophie, la poésie, la psychologie, toutes les formes sans exception de création intellectuelle et artistique, d'expression de l'âme, ont été depuis deux, trois générations enrichies, bouleversées par lui plus que par nul autre au monde. Même ceux qui ne savent rien de son œuvre ou qui se défendent contre ses conclusions, même ceux qui n'ont jamais entendu son nom sont, à leur insu, ses débiteurs et sont soumis au pouvoir de son esprit. Sans lui, chacun de nous, hommes du xxe siècle, aurait une manière différente de penser, de comprendre; sans l'avance qu'il prit sur nous, sans cette puissante impulsion vers l'intérieur de nous-mêmes qu'il nous a donnée, chacun de nous aurait des idées, des jugements, des sentiments plus bornés, moins libres, moins équitables. Et partout où nous essaierons de progresser dans le labyrinthe du cœur humain, son intelligence continuera à éclairer notre route. Tout ce que Sigmund Freud a créé et annoncé, découvreur et guide à la fois, demeurera à l'avenir auprès de nous; seul nous a quittés l'homme lui-même, l'ami précieux, irremplaçable. Tous sans distinction, en dépit de nos différences, nous n'avons, je crois, rien tant souhaité dans notre jeunesse que de voir une fois, en chair et en os, devant nous, ce que Schopenhauer nomme la plus haute forme de l'existence : une existence morale, une destinée héroïque. Enfants, nous avons tous rêvé de rencontrer un jour un tel héros de l'esprit, au contact duquel nous pourrions nous former, nous élever, une personne indifférente aux sirènes de la gloire et de la vanité, responsable, dévouée exclusivement, de toute son âme, à sa tâche, une tâche non pas égoïste mais au service de l'humanité entière. Ce rêve exalté de nos premières années, cette exigence de plus en plus rigoureuse de notre maturité, le défunt les a réalisés de façon inoubliable par sa vie, et il a ainsi offert à notre esprit une chance sans pareille. Enfin il était là au sein d'une époque futile et oublieuse : imperturbable, en quête de la vérité pure, n'accordant d'importance en ce monde qu'à l'absolu, aux valeurs durables. Enfin il était là, sous nos yeux, devant nos cœurs pleins de respect, le chercheur sous sa forme la plus noble, la plus accomplie, en proie à son éternel conflit : prudent, soumettant chaque point à un examen soigneux, réfléchissant sept fois et doutant de lui tant qu'il n'était pas certain de ce qu'il avait trouvé — mais prêt, dès qu'il avait acquis de haute lutte une conviction, à affronter le monde entier pour la défendre. Son exemple nous l'a appris, l'a montré une fois de plus à notre époque : il n'est sur terre de courage plus merveilleux que celui, libre, indépendant, de l'intellectuel. Nous garderons toujours présent à la mémoire le courage dont il fit preuve pour parvenir à des découvertes auxquelles d'autres n'aboutirent pas parce qu'ils *n'osaient pas* les faire — voire seulement les formuler, les reconnaître. Il n'a, lui, cessé d'oser, inlassablement, seul contre tous, s'aventurant dans des terres vierges jusqu'à son dernier jour. Quel modèle pour nous qu'une telle audace intellectuelle dans la guerre pour la connaissance que livre éternellement l'humanité!

Mais, nous qui le connaissions, nous savons également que cette recherche hardie de l'absolu s'alliait à une modestie ô combien émouvante et que cette âme merveilleusement forte était en même temps la plus compréhensive pour toutes les faiblesses psychiques des autres. De cette profonde dualité — rigueur de l'esprit, générosité du cœur — naquit au terme de son existence l'harmonie la plus parfaite que l'on puisse atteindre dans l'univers spirituel : une sagesse sans faute, limpide, automnale. Tous ceux qui l'ont fréquenté au cours de ses dernières années le quittaient rassérénés à l'issue d'une heure de conversation familière avec lui sur la folie et l'absurdité de notre monde, et j'ai souvent souhaité, à de tels moments, qu'il soit donné à des jeunes gens, à de futurs adultes, d'être là afin que, lorsque nous ne pourrons plus témoigner de la grandeur d'âme de cet homme, ils puissent encore proclamer avec fierté : j'ai vu un véritable sage, j'ai connu Sigmund Freud.

Une consolation nous est accordée en cette heure : il avait accompli son œuvre et était parvenu à l'accomplissement de son être. Maître de l'ennemi originel de la vie, la douleur physique, par la constance de l'esprit, la longanimité, maître dans le combat mené contre ses propres souffrances, tout comme il le fut, sa vie durant, dans la lutte contre celles d'autrui, il fut une figure exemplaire de la médecine, de la philosophie, de la connaissance de soi, jusqu'à l'amertume de la fin. Sois remercié d'avoir été un tel modèle, ami cher et vénéré, et merci pour ta vie magnifique et féconde, merci pour chacune de tes actions et de tes œuvres, merci pour ce que tu as été et pour ce que tu as semé de toi en nos âmes, merci pour les mondes que tu nous as ouverts et qu'à présent nous parcourons seuls, sans guide, à jamais fidèles, vénérant ta mémoire, Sigmund Freud, toi l'ami le plus précieux, le maître adoré.

EN SOUVENIR D'UN ALLEMAND

Est-il légitime de ne parler avec reconnaissance et émotion que de ceux de ses amis dont le nom est imprimé au dos d'un livre ou attaché à une fonction officielle, dont la vie a été étalée au grand jour ? N'est-il pas bien plus nécessaire au contraire de parler, de tracer le portrait des hommes qui, par pudeur, par modestie et délicatesse, et par une connaissance beaucoup plus aiguë des valeurs absolues, ont choisi de rester dans l'ombre d'un anonymat total mais non moins actif — supérieurs sur le plan des connaissances, de la valeur personnelle et de l'oubli de soi dans la création à la plupart de ceux qui cherchent à s'imposer à tout prix à la foire aux vanités. Rien ne contribue en effet davantage à concentrer les forces intérieures d'un individu que le fait d'être caché ; rien en revanche n'est plus préjudiciable à la constance d'une attitude morale que le public et ses feux dangereux, ceux de la célébrité. Il en sera toujours ainsi, ce n'est pas en froissant les feuilles d'un journal que l'on découvrira les Allemands les plus parfaits, les plus estimables, que l'on percevra leurs voix ; il faut sonder ce silence extrême, venu de l'intérieur, qui confère une telle richesse et une telle diversité à l'anonymat.

Faire revivre un de ces hommes cachés qui me

fut cher, retracer son portrait dans le cadre simple de son existence m'apparaît comme un devoir plus important que d'avoir quelques mots pour un auteur ou que de jeter en public un regard critique sur cette marchandise qu'est un livre. Ayons une affectueuse pensée pour les silencieux, les discrets : ne sont-ils pas la nuit dans laquelle s'enfoncent nos paroles, le sol constamment fertile, porteur de toutes les impulsions et de tous les efforts créateurs, les seuls habités suffisamment par le silence pour écouter, pleins d'attention et de respect, ne sont-ils pas l'humus sacré, le terreau dans lequel tombent toutes les semences ? Ce sont eux, ces inconnus, à qui s'adresse le poète, de la même façon que l'acteur parle devant le trou obscur de la salle en attente ; pourquoi ne pas avoir une pensée pour eux qui accueillent nos idées, nos paroles si souvent, et avec tant de bienveillance ?

Celui dont la disparition, la perte, m'affecte douloureusement n'était pas un inconnu dans son milieu. Il occupait de hautes fonctions dans sa ville hanséatique, était considéré comme un avocat d'une probité exceptionnelle, comme un expert en matière de conventions juridiques. Or rien n'occulte de manière plus prodigieuse l'essence véritable d'un individu que son activité, le masque rigide du métier, du travail quotidien derrière lequel l'âme se dissimule. Il met à l'abri de la curiosité, de la foule, et plus une profession est prosaïque, moins on soupçonne la personne d'être sensible. Ainsi cet homme rare avait entouré d'une carapace de réalisme son moi le plus intime, que tout au long de son existence ses proches entrevirent à peine. Comment s'en douter en effet : ce juriste sévère lisait le soir, dans le texte original, les poèmes de Shelley, les vers cadencés de Verhaeren, son esprit ouvert et délicat se tournait vers tout ce qui était vivant, trop modeste pour exprimer un jugement en public, et pourtant plus compétent que quiconque en vertu de cette parfaite équité due à un intérêt uniquement issu de l'âme ? Il écrivait également en cachette des poèmes, ne les montrant jamais à personne, sans la moindre ambition ni le moindre désir de gloire, se laissant simplement porter par la musique, laissant jaillir la mélodie contenue au cours de la journée, dialoguant de la sorte avec cette voix intérieure tendre et émue qui n'osait pas s'exprimer haut et fort. Car cet homme de contrats et de conseils d'administration s'environnait de discrétion, d'une pudeur sur laquelle pas même la mort n'est parvenue à lever le voile. On la ressentait simplement comme une atmosphère autour de lui, d'abord avec étonnement, puis on s'y habituait, ravi, tout en restant conscient qu'à aucun moment, même avec le regard le plus humble, on n'arriverait à en sonder le fond. Jamais je n'ai rencontré dans mon existence individu plus merveilleusement caché que cet habitant d'une cité hanséatique qui, à son trépas, fut loué par chacun pour sa loyauté, par tous les spécialistes pour ses compétences, par la ville entière pour son civisme exemplaire. Mais sa vérité intime se situait derrière tout cela, dans une solitude prodigieuse, et peut-être aussi douloureuse : nul n'a eu de lui une connaissance parfaite, même ses proches n'ont pu qu'effleurer cette vérité.

Je fis sa connaissance lorsqu'il fut question que Verhaeren vienne en Allemagne. Il proposa qu'il fasse une lecture à Hambourg et s'occupa, en secret, de l'aspect matériel des choses : personne n'en sut rien. Car telle était sa nature : aider l'art — en secret — sans jamais être nommé, sans jamais se faire connaître et sans même donner à ceux qu'il aimait la possibilité de manifester leur reconnaissance. La guerre resserra encore nos liens : isolé au sein d'un nationalisme bruyant, il souffrait, il avait peur pour l'avenir de l'Allemagne à laquelle il vouait un amour passionné, son esprit merveilleux prévoyait : tous les déroulements possibles et il ne cherchait en aucune façon à échapper à sa part de malheur. Peu d'Allemands ont probablement obéi avec une telle rigueur aux consignes, les plus insensées fussent-elles, ont défendu aussi mal leur propre intérêt que cet homme doté d'une tragique faculté de compréhension, ébranlé justement dans son silence intérieur par des pressentiments, des visions lucides. Toutes les souffrances de son corps délabré depuis la guerre venaient de cette émotion trop intériorisée, trop violente. Il était incapable de mentir, de hausser le ton pour exiger : le silence, l'ombre étaient son domaine. Un domaine ô combien habité par la richesse du savoir, l'amour de l'art ; les meilleurs livres de l'époque trouvaient refuge chez lui et bien des poètes ne l'ont à aucun moment soupçonné : leur auditeur le plus sensible était cet avocat connu dans toute la ville, que personne n'imaginait particulièrement amateur de littérature. C'est à son contact que j'ai, pour la première fois, commencé à entrevoir ceci : tout véritable intérêt reste toujours dissimulé, le secret du public allemand (le meilleur du monde quant aux choses de l'esprit) est que les habitués des premières, des salons, importent peu face à ceux pour qui l'ombre est sacrée — gens ordinaires, solidement établis dans le quotidien, chez qui l'exaltation de la jeunesse est simplement recouverte par une écorce, une croûte apparente — leur gagne-pain — et qui ont su préserver intacte en eux leur soif d'idéal envers la nouveauté, la créativité. J'ai aimé dans cet homme unique toutes ces merveilleuses créatures de l'ombre dont il n'était qu'un représentant, mais le plus pur, le meilleur que j'aie connu : figure inoubliable pleine de mystère et de délicatesse masculine, ami sûr entre tous, sans démonstrations bruyantes d'amitié, l'Allemand

dans toute sa noblesse, ouvert au monde et travailleur, conservant en lui le secret entier de l'idéalisme sacré de Hölderlin et de Shelley. Puissent-ils
être nombreux à le rencontrer, sous un autre ava-
tar, cet Allemand caché — pour moi il est à jamais
incarné dans la personne disparue d'Ami Kaemmerer [1], mon ami, que peu de gens connurent —
et encore, ils ne virent que son aspect extérieur et
non les profondeurs de son être, silencieuses,
secrètes comme toute intimité, et cachées comme
les métaux précieux dans les ténèbres de la terre.

1. 1861-1926. *(N.d.T.)*

SOURCES

La destinée tragique de Marcel Proust *(Marcel Prousts tragischer Lebenslauf)*, *Neue Freie Presse*, Vienne, 27 septembre 1925.

La vie de Paul Verlaine *(Paul Verlaines Leben)*, Verlaine : *Gesammelte Werke*, édition de S. Zweig, Leipzig, Insel Verlag, 1922.

Edmond Jaloux *(Edmond Jaloux)*, 1931.

Merci à Romain Rolland *(Dank an Romain Rolland)*, *Liber amicorum Romain Rolland*, Erlenbach bei Zürich, Eugen Rentsch Verlag, 1926.

Chateaubriand *(Chateaubriand)*, Introduction à Chateaubriand : *Récits romantiques*, Vienne-Leipzig, Rikola Verlag, 1924.

Pour Ramuz! *(Pour Ramuz!)*, *Hommage à Ramuz. Pour son soixantième anniversaire*, Lausanne, V. Porchet & Cie, 1938.

Joseph Roth *(Joseph Roth)*, Oraison funèbre, Paris, 1939.

Rainer Maria Rilke *(Rainer Maria Rilke)*, conférence, Londres, 1936.

Arthur Schnitzler. Pour son soixantième anniversaire *(Arthur Schnitzler. Zum 60. Geburtstag)*, *Neue Rundschau*, Berlin, 1922.

E.T.A. Hoffmann *(E.T.A. Hoffmann)*, Préface à l'édition française de *La Princesse Brambilla*, Paris, Attinger, 1929.

Lafcadio Hearn *(Lafcadio Hearn)*, Introduction à *Das Japanbuch*, œuvres choisies, Frankfurt, Rütten & Loening, 1911.

Otto Weininger : rencontre manquée avec un homme discret *(Vorbeigehen an einem unauffälligen Menschen — Otto Weininger), Berliner Tageblatt*, 3 octobre 1926.

Nietzsche et l'ami *(Nietzsche und der Freund), Neue Freie Presse*, Vienne, 21 décembre 1917.

« Sadhāna » de Rabindranāth Tagore *(Rabindranath Tagores « Sadhana »), Das literarische Echo*, Berlin, 1er octobre 1921.

Adieu à John Drinkwater *(Abschied von John Drinkwater), Begegnungen mit Menschen, Büchern, Städten*, Vienne-Leipzig-Zürich, Herbert Reichner Verlag, 1937.

En souvenir de Theodor Herzl *(Erinnerung an Theodor Herzl), Theodor Herzl. A Memorial*, Éd. Meyer W. Weisgal, New York, The New Palestine, 1929 (sous le titre *König der Juden [Le Roi des juifs]*).

Une expérience inoubliable : une journée chez Albert Schweitzer *(Unvergeßliches Erlebnis. Ein Tag bei Albert Schweitzer), Das Inselschiff*, Leipzig, 1993, n° 2 (sous le titre *Bei Albert Schweitzer*).

Jaurès *(Jaurès), Neue Freie Presse*, Vienne, 6 août 1916.

L'odyssée et la fin de Pierre Bonchamps *(Irrfahrt und Ende Pierre Bonchamps. Die Tragödie Philippe Daudets), Neue Freie Presse*, Vienne, 28 mars 1926.

Le retour de Gustav Mahler *(Gustav Mahlers Wiederkehr), Neue Freie Presse*, Vienne, 25 avril 1915.

Sur le cercueil de Sigmund Freud *(Worte am Sarge Sigmund Freuds. Gesprochen am 26. September 1939 im Krematorium London)*. Tiré à part, Londres, 1939 ; Amsterdam, Albert de Lange, 1939.

En souvenir d'un Allemand *(Gedächtnis eines deutschen Menschen), Die Ausfahrt. Ein Buch neuer deutscher Dichtung*. Édition d'Otto Heuschele, Stuttgart, Silberburg Verlag, 1927.

Marcel Prousts tragischer Lebenslauf, Paul Verlaines Leben, Dank an Romain Rolland, Nietzsche und der Freund, Erinnerung an Theodor Herzl, Abschied von John Drinkwater, Unvergeßliches Erlebnis. Ein Tag bei Albert Schweitzer, Irrfahrt und Ende Pierre Bonchamps, Worte am Sarge Sigmund Freuds, Gedächtnis eines deutschen Menschen ont par ailleurs été regroupés dans le recueil intitulé *Europäisches Erbe (Héritage européen)* [Fischer Taschenbuch Verlag n° 2284] et les autres textes dans *Menschen und Schicksale (Hommes et destins)* [Fischer Taschenbuch Verlag n° 2285].

Table

Composition réalisée par EURONUMÉRIQUE

Achevé d'imprimer en Europe (Allemagne)
par Elsnerdruck à Berlin
dépôt légal Édit : 7230-11/2000
LIBRAIRIE GÉNÉRALE FRANÇAISE - 43, quai de Grenelle - 75015 Paris.
ISBN : 2-253-14918-7   31/4918/4